JN202857

ひとり

한 명

キム・スム 著
岡裕美 訳

三一書房

한 명 (One left) by Kim Soom
First published in 2016 by Hyundae Munhak Co., Ltd., Korea.

This Japanese edition was published by arrangement
with San-Ichi Publishing Co., Ltd.
through HAN Agency Co., Korea

本書出版にあたって韓国文学翻訳院の助成を受けました。

これは歳月が流れ、生存されている旧日本軍慰安婦の被害者が
ただひとりになったある日からはじまる物語です。

◎注釈

＊１．この小説は旧日本軍慰安婦被害者の証言を基に、フィクションとして再構成したものである。

＊２．引用した証言の出典は本書の末尾に付した。

1

最後のひとりになったそうだ。二人だったのが、昨夜ひとりこの世を去って。

静かに毛布を畳んでいた彼女の指がかじかんだ。三人のうちひとりがこの世を去り、二人になったという報せを聞いたのがほんのひと月まえだ。橙色だった毛布は、色褪せて杏色に近い。

彼女は毛布を畳み終えて隅に寄せ、手で床を掃く。埃と糸くず、ふけ、白髪の抜け毛を手のひらで集めて固めていた彼女は、ぼそり、呟いた。

ここにもうひとり、生き残っている……。

◆◆◆

彼女はテレビをつけっ放しにして縁側に出る。庭に下りようとして止め、身をすくめる。茶褐色の履物の横で、カササギ[1]が羽の付け根に嘴を突っ込んで死んでいた。

猫のナビが捕まえたものだ。ナビは四日前には雀を捕まえてきた。この世に生まれてまだ何も掴んだことのない赤子の手のように、小さくか弱い子雀だった。ちょうどその頃彼女は通りで飛ぶ練

1　韓国に広く生息するカラス科の鳥。

習をしている雀の子を見たところだった。木の一本、草の一株も生えていない日陰の通りで、子雀は飛行と墜落をのべつ繰り返していた。彼女が近寄ろうとすると、空中のどこかに隠れて見守っていた母雀が非常ベルを作動させるかのように鳴き喚いた。驚いた子雀は、たちまち雨どいの中に飲み込まれるように潜り込んだ。ただ子雀が戯れる様子を見物したかった彼女は、人間である自分が雀にとっては恐ろしい存在にすぎないということを苦々しく悟った。

彼女は縁側のふちから両足を半分ほどはみ出させてうずくまった。おかしなことに、死んだカササギと履物の見分けがつかず、何度も交互に眺めた。

庭のどこにもナビの姿が見えない。ナビはか細いようでいて鋭い鳴き声で自分の存在を知らせる時もあるが、大概は気配もなく通りすぎる。門の横に置いたプラスティック容器の中の餌と水の減り具合で、彼女はナビがきたかどうかを知る。飼い主ではないが、彼女はナビに餌と水を準備してやる。骨と皮ばかりの痩せこけた猫が水道のまわりをうろついているので、出汁をとった後の鰯の煮干しをやったのが、因縁の始まりといえば始まりだった。

野生性の強い獣の中で、自分が食べるためではなく、人間に献上するために狩りをする獣が猫以外にいるだろうかと思う。とにかくナビは鼠だろうが鳥だろうが、自分が狩った戦利品を展示するかのように彼女の履物の横に置いておいた。ナビが初めて彼女に持ってきた献上品も、死んだカササギだった。彼女は真剣な面持ちで、ナビに対してカササギをもといた場所に持っていくように迫った。庭のセメント敷きの上に寝そべって聞き流していたナビは、それどころか翌日には鼠を捕まえて彼女の履物の横に置いておいた。

自分がわざわざ捕まえてやった献上品に彼女が鳥肌を立てていることを、ナビが知らないはずはないだろう。

ナビが人間である自分に持ってくるために殺生をすると考えると、彼女は身震いした。

昨夜またひとりがこの世を去ったという報せを聞いたからか、彼女はナビの殺生が普段よりもっと不吉で惨たらしく感じられた。

カササギの灰色の嘴は葡萄粒ほどの大きさに開いている。開いた嘴の中は真っ赤だった。誰かがその中に密かに血を吐いていったかのように。

ナビはあのカササギを夜明けの光の中で捕まえたのだろうか。

◆◆◆

履物を履こうと庭の方に伸ばした右足を彼女は再び引っ込めた。右足が履物ではなく、その横の死んだカササギの方に向かったから。

水道へと歩いていく彼女の首がすっと伸びる。通りでカササギが鳴いたからだ。カササギの鳴き声は声帯ではなく、黒味がかった嘴の先から出る音のようだ。ミミズの肉をついばみ、鼠の内臓をほじくった嘴の先から。

カササギがくるたびに彼女の母は妹たちに言った。家の前の川にカワニナ[2]を捕りに行った姉が年を越しても帰ってこないと、

「カササギが鳴いているね、あのカササギが鳴く方に行ってごらん」

そのたびに妹たちは尋ねた。

「どうしてカササギが鳴いてるところに行くの？」

「カササギが鳴いているところでお前たちの姉さんが死んでいるかもしれない……」

とにかくカササギさえ鳴くと、台所で火を焚いていても、甕から醤油を汲んでいても、彼女たちを呼んで言った。

「あのカササギが鳴く方に行ってごらん」

妹たちは恐ろしくてカササギが鳴くところに行けなかった。

母があまりにもそう言うので、二番目の妹が嘘をついた。カササギの鳴く方ではなくサツマイモ畑に行ってきては、

「カササギの鳴く方に行ってみたけど、姉さんはいなかったよ」

彼女は母が生きていたら尋ねてみたい。どうして自分が行かずに幼い妹たちに行ってみろと言ったのか。[*1]

五年が過ぎても彼女が帰ってこないと、母は十本ほどのトウモロコシを持って煙草畑の向こうに住む占い師を訪ねて行った。長女は川を渡って死んだというお告げが下されると、[*2]母は毎晩甕に水

を三杯汲んでお祈りをした。醤油の甕の上に一杯、味噌の甕の上に一杯、コチュジャン[3]の甕の上に一杯。[*3] 味噌の甕は、味噌を仕込むことができずに空のままだった。大豆を借りてきてまでメジュ[4]を作っておいたのに、お腹を空かせた妹たちがちぎって全部食べてしまった。[*4]

日雇いで生計を立てていた父は、家族に毎日の食事もまともに食べさせることができなかった。母は皇国臣民の誓詞[5]を覚えられず、食料の配給を受けられなかった。天皇に忠誠を誓う皇国臣民の誓詞を暗唱できなければ、食料の配給を受けることはできなかった。母はごま油の搾りかすをもらってきて妹たちに食べさせた。一日中踏み臼をついて糠を作り、干し菜を入れて炊いたものを食べさせたこともあった。

カササギがあまりにしつこく鳴くので、彼女は母の声が聞こえてくるように感じた。

……あのカササギが鳴く方に行ってごらん。

彼女はカササギが鳴く場所に行けば、本当に自分がいるような気がした。軍服のベルトで足首を縛られた、一糸纏わぬ姿で。

2　東アジアの淡水域に生息する巻貝の一種。
3　赤唐辛子の粉、餅米麹などから作られる調味料。
4　大豆を茹でてすりつぶし、ペースト状にして固めたもの。味噌の原料となる。
5　日本の植民地統治下で皇民化政策の一環として一九三七年十月に発布された。

目やにだらけの軍人だった。彼女がもがくと、軍人はベルトを外して彼女の足首を縛った。[*5]
軍人は彼女が目を閉じると、眠っていると思って頬をパチパチとひっぱたいた。彼女は目を開け、絶頂に達した軍人の顔が苦しそうに歪むのを見た。
彼女の体を通りすぎる時、軍人たちは一様に、自分ができる最も醜悪な表情を浮かべた。

◆
◆
◆

もしかしたら最後のひとりはあの人ではないか。数年前テレビに出て、その一言を聞くまでは絶対に死ねないと言っていた人。

神も代わりに言うことはできないその一言を。


彼女は、その一言を一生待っていたという人がクンジャのような気がしてならなかった。

沈黙していたその人は、突然ブラウスのボタンを外し始めた。脱がずには話せない[*6]と言って。裸の体を見せずには。

その人はブラウスの中に着た下着まですっかり脱ぎ、腹の真ん中に錆びたファスナーのように刻まれた手術の跡を見せた。

「赤ん坊だけ掻き出せば私は子どもを産めたのに。でも子宮まですっかり取られてしまった。私はそれも知らずに子どもを産もうとして大騒ぎしたじゃないか。お寺でお供えもして、神様にお祈りもしたんだ。お祓いもして[7]」

十六歳だったクンジャがそこで妊娠し、腹が膨れてくると彼らは言った。

あの女は若くて綺麗だし、まだ使い道があるから、あの女の子宮を取り出せ。[8]

六十年以上前に、彼女はクンジャの故郷を訪れた。同い年のクンジャにどうしても会いたくて。[9]慶尚北道漆谷郡枝川面（キョンサンプットチルゴックンチチョンミョン）……。クンジャが教えてくれた実家の住所を彼女は暗記していた。言葉通り、鎌のようにくねった小道の果てにクンジャの実家があった。麦が黄金色に実る時期だった。人中の上にある小豆粒のようなほくろが印象的なクンジャの母親が、彼女に尋ねた。

「どちら様？」

クンジャの友達だと言うと、母親はすぐさま尋ねた。

「あんたも満州の製糸工場に行っとったんかね？」

彼女が答えられないでいると、母親が聞いた。

「うちのクンジャは満州から出とらんのかね？」

「クンジャ、まだ帰ってきてないんですか？」

「帰っとらん。うちのクンジャと一緒じゃないのかい？」

「一緒に出られなかったんです……」

一緒に出たが途中で別れたと言えず、彼女はそう言った。

「なんで一緒に帰ってこなかったんじゃ？」

「それは……」

「一緒に帰ってきたらどんなによかったかのう[*10]」

クンジャの母親は両手で彼女の腕を掴んで泣いた。彼女の腕が自分の娘であるかのように。

彼女は帰ろうとしたが、クンジャの母親は飯でも食べて行けと引き留めた。台所へ入って火を熾し、新しく米を炊いた。満州の製糸工場でクンジャと一緒だった友達がきたという噂を聞きつけた村の女性たちが、畑仕事を放り出して集まってきた。

前歯がすべて抜けた女性が、なりふり構わずに彼女に尋ねた。

「うちの娘はなんで出てこられんかったんじゃ？[*11]」

「おばさんの娘さんは誰ですか？」

「ヒスクだよ。うちのヒスクもクンジャと同じ満州の製糸工場に行ったんだ」

彼女が何も言えないでいると、黒いモンペを穿いた女性が彼女の手を握って聞いた。

「うちのサンスクは元気にしとるかい？」

「サンスクですか？」

「目ばっかり大きいサンスクよ」

「うちの娘のミョンオクはどうして帰らないのかい？」

「わかりません……」

落胆した村の女性たちが帰って行った後、クンジャの母親が彼女に聞いた。

「それじゃ、あんたひとりできたのかい？」

ひとりだけ生きて帰ってきた[*12]という罪悪感で、彼女は麦飯が喉を通らなかった。

ひとりだけ生きて帰ってきたのが罪なのか？　生きて帰った場所が地獄でも？

◆◆◆

彼女はさっきから窓のそばに立って通りを見下ろしている。ダイヤ模様が連なった防犯用の窓格子は、ペンキが剥がれてところどころ錆びている。刺身包丁のように細く長い日差しが彼女の顔を刺すように照らしている。

黒いカビに覆われた塀を執拗に凝視していた彼女は、一瞬発作を起こしたように息を吐いた。四十七人だと聞いたのがつい昨日のことのようなのに、どうしてひとりしか残っていないのだろうか。花弁が放射状に開いた花を描くように、両足を交互に少しずつずらした。

彼女が床から足を離すたびに、床に貼った油紙がかすかに浮いた。ミルクキャラメル色の床紙は、尖ったものが刺さった跡、熱いもので焦げた跡、押されて皺になった跡、鋭いものでひっかいた跡などで汚れていた。

人生に背くように、彼女はそうやって窓からゆっくりと背を向ける。

四十七人ではない。

どの年だったか、一年に九人もこの世を去って四十七人になったのだから、四十七人ではなく……。

四十七人に九人を足すと……店や市場で買い物をして代金を計算するときはそれなりにできる足し算と引き算が、彼女は上手くできなかった。

台所に入って出てきた彼女の手に乾麺の袋がある。チャンチククス[6]を作ろうと買っておいて未開封のままだった。彼女は縁側の一角に新聞紙を広げてその上で袋を開ける。

新聞紙の上に乾麺を出す。

一本の麺を取り、横に移して呟く。ひとつ。もう一本取って横に移し、呟く。ふたつ。また一本取って横に移して呟く。みっつ。また一本取って横に移して呟く。よっつ。また一本を……。

五十六だ。

四十七に九を足すと。

乾麺をまとめて再び袋に入れ、立ち上がった彼女は突然顔をこわばらせて自分の足を見下ろす。足に履いているのが履物ではなく、死んだカササギのような気がして。

カササギでないことを繰り返し確かめても、彼女はなかなか足から視線を移せない。

口に持っていった麺が滑って器の中に落ちる。キムチ数切れとコチュジャンを混ぜた真っ赤な麺はそうする間に伸びていく。麺をつつくのを止め、静かに箸を置く。

◆
◆
◆

細い麺が押し出されるように、ソクスン姉さんの体からするすると血が流れ落ちたのを思い出して、麺を食べる気になれない。*13

山奥にある軍の部隊に出張に行った時だった。

ずんぐりとした中隊長が少女たちを幕舎の前に集め、長い剣を抜いた。中隊長の飛び出した目が狂気に光った。

「百人の軍人を相手する者は誰だ?」*14

「私たちが何をしたからといって百人も相手をさせるんですか」

体は小さいが鼻っ柱の強いソクスン姉さんが詰め寄ると、中隊長は兵士らに命じてソクスン姉さんを前に引っ張り出させた。

「反抗するとどうなるか、見せてやる」

軍人たちは鶏の皮を剥がすように、ソクスン姉さんの体から服を剝ぎ取った。ソクスン姉さんの

6　煮干しでとった出汁に素麺を入れた温かい麵料理。結婚式など宴会の席で振舞われる。

体は痩せこけて男の子の体のようだった。恐れおののく少女たちは、声を上げないように下唇を噛んだ。少女たちをひとりひとり舐め回すように睨む中隊長と目を合わせないために、彼女は素早く顔を伏せた。幕舎の裏から数十本の釘を同時に打つ音が聞こえてきた。少女たちは自分たちの目の前でもうすぐ陰惨なことが起こるであろうことを直感的に悟った。

軍人たちが釘を三百本ほど打った木板を持って幕舎の裏から出てきた。戸惑った表情の軍人がソクスン姉さんを木板の方に引っ張って行った。恐怖に怯えて後ずさりするソクスン姉さんを、二人の軍人が両側から捕まえた。別の軍人がふざけて笑いながら太い縄でソクスン姉さんの両足を縛った。ひとりはソクスン姉さんの頭を掴み、もうひとりは足を掴んだ。

彼らは木板の上にソクスン姉さんを転がした。真っ裸のソクスン姉さんの体に釘が刺さって抜けた穴から、血が噴き出した。

ヘグムが悲鳴を上げて倒れた。彼女は自分より頭一つ大きいクムボク姉さんの腋の下に顔を埋めた。ぶるぶる震えていたキスク姉さんが悲鳴を上げながらへたり込んだ。

ソクスン姉さんが釘の上でぐるりと回ると、空と地面が一緒に回った。空が少女たちの足元にあった。カラスよりは小さい黒い鳥が、少女たちの足元に真っ逆さまに落ちてきた。

彼らにとって少女を殺すのは犬を殺すよりも他愛のないことだった。*15

彼らはソクスン姉さんを地面に埋めずに便所に捨てた。

彼らは死んだ少女には地面も、土も勿体ないと言った。[*16]

彼らがソクスン姉さんをどうやって殺したか最初から最後まで見ていたのに、彼女はソクスン姉さんがどんな風に死んだのか一つも思い出せなかった。

◆◆◆

洗い物の手を止めて、彼女は台所の床に座り込んだ。陰部がずきずきする。腐食した釘でかき回されるようにずきずきと。[*17]

彼らは釘で突き刺しもした。陰部がひどく腫れてどうしても受け入れられなくなると、罵言を浴びせて陰部を釘で突き刺してしまった。[*18]

◆◆◆

静かに庭を掃いていた彼女の目に蟻が飛び込んできた。死んだ蛾に蟻がわらわらと湧いている。蛾がどうして水道の近くで死んでいるのか、訝しんでいた彼女はすぐにうなずいた。蛾はあちこちで死んでいることがある。たんすの中でも、流し台の中でも、米びつの中でも。

平安南道平壌（ピョンアンナムドピョンヤン）が故郷のソクスン姉さんは中国の満州で死んだ。ソクスン姉さんは、満州の慰安所にくる前は煙草工場で働いた。長壽煙[*19]という葉煙草を箱詰めする仕事をした。

「朝八時から夜七時まで働いて、ひと月働くと米半升買える月給をもらったわ」

ソクスン姉さんが煙草工場に通った話を聞かせてくれた時、ハノク姉さんが羨ましそうに尋ねた。

「煙草工場にどうやって就職したの?」

「面接を受けて、身体検査を受けて入った。私、体は小さいけど利口で負けん気が強いでしょ」

煙草工場で働いて一年ほどが過ぎたある日、ソクスン姉さんが工場から帰ってインゲン豆を茹でていると、二人の巡査が訪ねてきた。ひとりは馬に乗って、ひとりは歩いて。二日後には夏至なので外は明るかった。歩いてきた巡査が母親に向かって、娘を日本の紡績工場に行かせないといけないと言った。

「五日後に迎えにくるから、煙草工場には行かずに家にいろって言うの。逃げれば家族は全員銃殺するって。母さんは絶対に行かせないって泣いたけど、私はインゲン豆が美味しくて食べるのに夢中だった。五日後に本当に迎えにきて、朝ごはんもそこそこに連れて行かれたわ[*20]」

「私はサンチュ[7]に味噌をつけて食べてるところに眼鏡野郎がきて連れて行かれた。今行かないと列車に乗れないってひどく急かすもんだから[*21]」

ハノク姉さんが言った。

「眼鏡野郎って誰だい?」

トンスク姉さんが聞いた。

「巡査の手先だったキムって男。眼鏡野郎って言えばうちの田舎じゃ知らない者はいないよ」

彼女はざるを置いて蛾の横にうずくまった。

蛾は子宮のように見える。へばりついた数十匹の蟻に小さな歯でくちゃくちゃと執拗に噛みちぎられている蛾が、まるで彼女自身の子宮のように。

蟻たちの様子がずらりと隊列を作って進む日本兵[*22]を思い出させ、彼女は吐き気を催した。

固く拳を握り、右足を出して蟻を踏み潰す。肝を潰した蟻が四方に散らばる。平たく潰された蟻が空中に向かって足を浮かせるのを見て、ようやく彼女は自分の突然の行動に身震いするほど慄き、足を引っ込める。


彼女は、神が自分を見下ろしていたとしたらどんな表情を浮かべるかが気になる。苦々しい表情だろうか、腹を立てた表情だろうか。諦めの表情だろうか。気の毒そうな表情だろうか。

だが、神にも顔があるのだろうか？

あるとしたら、神の顔も人間と同じように老けるのだろうか？

彼女は神に顔があるなら老けないような気がした。神の顔だから老けないのではなく、これ以上老けようがないほど老け込んだ顔だから。

7　キク科の葉野菜でチシャの一種。肉などを巻いて食べる。

たんすから布団を出して鏡の前に広げる。

敷居を背にして座り、布団を手で撫でさすった。

西の方から座った縁側の奥まで午後の日差しが伸びる。彼女の影が布団の上に小便の跡のように広がる。

彼女は布団の上に乗り、天井を見上げて横たわる。

目を閉じるが、眠気はやってこない。彼女は無理に眠ろうとしなかった。人間は寝なくても死なないということを彼女は知っていた。*23

過ぎ去った七十年の間、彼女は熟睡したことがない。肉体が眠っている間には霊魂が、霊魂が眠っている間には肉体が目覚めていた。

◆
◆
◆

彼女は閉じていた目を再び開け、ゆっくりと寝返りを打つ。誰かが自分の横に寝てくれるのを待つように、手で布団を撫でさする。

しかし、彼女の横にきて寝る者は誰もいない。

2

彼女の履物はいつも置かれている場所にある。そこから一瞬も離れたことがないかのように。履物の左右はぴたりとくっついている。

履物はところどころに汚れがつき、五、六歳の女の子の履物のように小さく見える。

誰かが連れてきて座らせたように、彼女は居間のテレビの前に身じろぎせずに座っている。テレビから流れてくる音か、彼女の口から流れ出る音か判別できない音が、居間と縁側に広がる。

テレビの中の腰が鎌のように曲がった老女は、同じ場所で四十年以上ビビンバを売ったそうだ。大きな銀色の釜には豚骨のスープが静かに煮込まれている。飯とナムル[8]が盛られた鉢が十個ほど釜の横に並べられている。豆もやし、ほうれん草、ワラビといったナムルが山盛りになっていて、米粒は見えない。年老いた石工たちが彼女のビビンバを食べにくるそうだ。

老女は杓子で骨を煮出したスープを掬い、鉢へと持っていく。ナムルがひたひたになるまでスープを満たした後、釜にもう一度注ぎ戻す。

スープを注ぐ時、老女は鉢の中のナムルと米粒がこぼれないように杓子で押さえてやる。

8　野菜や山菜を茹で、ごま油と調味料で和えたもの。

この工程を六回も繰り返す老女の手つきは、華やかさはないが淀みない。

蕾が開くように、彼女の左手の指が順番に開く。左手の手のひらを見入る彼女の口元に、穏やかな微笑が波紋のように広がる。

彼女は度々幻影を見る。カワニナが左手の上でうごめく幻影だ。全部で六匹で、中間ぐらいの大きさと、それより少し大きいものも、小さいものもいる。まるでカワニナの家族が仲睦まじく集まっているようだ。

ただの幻影であることは分かっているが、カワニナが手のひらから落ちそうではらはらする。果たして中間より少し大きいカワニナが、親指と人差し指の間にぎりぎりでしがみついている。彼女はそのカワニナをつまんで、手のひらの真ん中に置いてやる。

ある瞬間泡のように消える幻影に過ぎないとしても、のたくる動きが感じられ、彼女は肩を震わせる。

カワニナという小さな生き物が持つ生命力がどれだけ途轍もないものかを彼女は知っている。こんなに小さなものが、水の外でどれだけ粘り強く耐えるのか。消しカスの固まりほどのものが。

あれは七十年以上も前のことだ。あれはもう……。

七十年以上前、故郷の村の川でカワニナを捕っていた彼女は不意に現れた男らに捕えられ、土手の上に引っ張って行かれた。

ひとりは彼女の足を掴み、ひとりは腕を掴むと、トラックの荷台に放り投げた。彼女の体は高く浮いた後、荷台に叩き落された。五、六人の少女がそこに座っていた。[*24]

男らは四人だったか五人だったか思い出せない。彼らは互いに日本語で話した。

少女たちを大邱（テグ）[9]駅からハルビン駅[10]まで引率した男はその中のひとりだった。

殺される[*25]と思い、彼女は自分をどこに連れて行こうとしているのか尋ねることができなかった。

ただひたすらに、恐ろしかった。[*26]

トラックは川べりにある旅館に寄って少女の一団を乗せた。怯える少女たちとは違い、旅館にいた少女たちは明るくはしゃいでいた。仲間同士で話しながら、きゃっきゃと笑いこけたりもした。

旅館を出発する前、彼女は便所に立ったところで山裾の斜面に咲いている紫色の花を見た。生まれて初めて見る花を不思議そうに見つめる彼女に、ひとりの少女が尋ねた。

「綺麗？」

9　韓国南部の広域市。
10　当時、南満州鉄道株式会社が釜山（プサン）から満州の首都である新京（現在の吉林省長春市）および、新京からハルビンを結ぶ路線を運営していた。

「何の花ですか？」

「桔梗の花よ」

彼女よりも頭一つ大きい少女は黒いカンドンチマ[11]にボタンの付いた綿の長い赤衫[12]を着て、草履を履いていた。

「取ってあげようか？」

少女が聞いたので、彼女は思わず首を縦に振った。桔梗の花を摘もうと山の斜面に近づく彼女に向かって、ひとりの男が怒声を上げた。その声に驚いてうろたえた少女の足で、桔梗の花が踏み潰された。

列車に乗っている間も、少女の草履履きの足には押し潰された桔梗の花がへばりついていた。[*27]

しばらく走ったトラックが、少女たちを下ろしたのは大邱駅だった。

大邱駅で逃げ出せなかったことが彼女は後々まで心残りだったが、もう一度その時に戻ったとしても逃げ出す気にはなれなかっただろう。彼女を拉致してトラックに乗せた男らが見張っている上に、大邱駅は日本の憲兵と軍人でごった返していた。おまけに彼女は生まれて初めて見る駅舎の熱気に気圧されていた。

少女たちは波のように寄せては引いていく人の群れに押されないように、互いに手を繋いだ。少女たちの年齢はほとんどが十五、六歳だった。身なりはバラバラで、モンペのようなズボンに羽織物を着た少女も、黒いユットンチマ[13]に白い紫薇紗[14]のチョゴリ[15]を着た少女もいた。[*28]彼女は下にはつんつるてんの変てこなパジ[16]を穿いて[*29]、上には木綿のチョゴリを羽織っていた。

白いチマチョゴリに紬のかせ糸のような頭を結い、白い綿のポジャギ[17]に包んだ雄鶏を抱えた老女が、少女から遠くない場所に立って列車を待っていた。とさかが並外れて大きく赤い雄鶏は、ポジャギの外に突き出した頭を驚いたようにしきりに揺らした。

真っ黒い列車の先頭がきくらげのような煙を吐き出しながら線路の上に浮き上がった時、彼女は左手を握った。どこに行くのかも分からず、少女たちに押されて列車に乗った彼女の左手には、六匹のカワニナが握られていた。彼女が手を力いっぱい握りしめたせいで、カワニナは彼女の手のひらに穴が空くほど食い込んだ。

背が高くて顔の長い、五十過ぎに見える男が後ろから少女たちを押しながら列車に乗った。彼女を持ち上げてトラックの荷台に投げた時に足を掴んだ男だった。当時は五十にもなれば年寄りだっ

---

11 短いチマ（巻きスカート状の下衣）。
12 ジョクサム。韓服（チマ・チョゴリ）の上衣で単衣仕立てのもの。
13 絹のチマ。
14 韓国の伝統生地の一種。
15 韓服の丈の短い上衣。
16 韓服のズボン。
17 風呂敷。

た。[*30] だぶついてくたびれたパジの上に白いチョゴリを羽織った男のぼさぼさの頭は、塩畑を転がってきたように白いものが目立った。

列車の中で、少女たちに乾パンのような黄色がかったぱさぱさのパンの欠片を分け与えたのも、その男だった。[*31]

列車は通路を挟んで両横に少女が三人並んで座れる椅子が向かい合っていた。二人一組になった日本兵がたびたび通路を歩きまわった。[*32]

浦項(ポハン)[18]からの上りだという列車には、浦項の少女四人が乗っていた。

大邱駅から乗った列車が元山(ウォンサン)[19]というところを通過する時も、彼女の左手に握られたカワニナは生きて動いていた。

彼女は眠らないよう必死だった。寝ている間にカワニナが指の間から逃げてしまいそうで。カワニナが自分を故郷の村の川辺に連れて行ってくれるという、漠然とした信念のようなものがあった。そのためカワニナが乾いて死んでしまわないように、指で唾液をつけて伸ばしてやった。生臭いような甘い匂いを放つ唾液はしかし、すぐに乾いてしまった。

ふと、そのひとりの心情はどんなものだろうかと思う。もうひとりがこの世を去って、自分だけが残ったという報せを伝え聞いた時の。

茫々とした海に寄る辺なく浮かぶ船のように、不安で心細くはないだろうか。ここにもうひとりが生きているということを知ったら慰めになるだろうか。ここにもうひとり生きているということを、世間の人々ではなくとも、その人には知らせなければならないのではないだろうか？　しかし、彼女はそのひとりがどこに住んでいるのかも知らない。

　彼女もまた日本軍の慰安婦だったが、世界中で誰も彼女の存在を知らないのは、彼女が慰安婦として名乗り出ていないからだ。

　彼女は自分のように慰安婦の申請をせずに生きている者が、他にもどこかにいるだろうと思う。あまりに恥ずかしくて、身の置きどころがなくて。自分の過ちでもないのに。[*33]

　突然ここがどこなのか分からなくなって部屋の中を見回した彼女の視線が、鏡に留まる。朝な夕な覗く鏡が、一度も覗いたことのない迷宮の世界のように見慣れない。

　ここはどこだろう……。

18　韓国東南部の慶尚北道（キョンサンブクド）にある港町。
19　現在の北朝鮮東北部に位置する軍港都市。

列車に乗っている間中、彼女は心の中で数百回も尋ねた。ここはどこだろう……。大邱駅から列車に乗る前まで彼女は、家から十里[20]以上先を知らずに生きてきた。[*34] おぼろげに列車が走る方向が北であると分かった。[*35] 列車がひたすら北へと向かうのをおかしいと感じたが、質問することもできなかった。

だから、大田(テジョン)[21]だと言われれば大田だと思った。奉天[22]だと言われれば奉天だと、清津(チョンジン)[23]だと言われれば清津だと。[*36]

彼女は少女たちがひそひそと交わす話に耳を傾けた。

「あなたも満州に行くの?」[*37]

「私も満州に行くの」

「私たちも満州に行くよ」

「満州に行けば、お金をかます[24]でかき集めるらしいわ」

十里より先を知らずに生きてきた少女たちには、満州は遥かに遠い場所だった。

「私は看護師にしてくれるっていうから行くんだ」[*38]

赤い洋緞[25]チョゴリに石炭のように真っ黒なカンドンチマを着た少女が言った。

「私は洋服を作る工場に行くんだけど」

浅緑のチョゴリを着て、長い髪を結んで垂らした少女が言った。

「私はヤマダ工場に糸を紡ぎに行くの」[*39]

目が針のように細い少女の顔には痘痕(あばた)があった。

「私は良いところに行くんだ」

黒いユットンチマに白い紫薇紗チョゴリを着た少女がにっと笑った。

「良いところ?」

「区長のおじさんが良いところに就職させてやるって……父さんが何の仕事をするところかって聞いたら、良いところ、良い工場だって。とにかく良い工場だからそこに行けばいいって」

「お金はたくさんくれるって?」

「お金は仕事ぶりを見て[40]」

「あなたはどんな工場に行くの?」

彼女の横に座っていた少女が彼女に聞いた。少女の木綿のチョゴリの袖口から見える手首は痩せ衰えていた。

---

20 一里=約四百メートル。
21 韓国中西部の都市。
22 かつて満州に存在した都市。現在の中国遼寧省瀋陽。
23 現在の北朝鮮北部にある都市。
24 藁筵で作った袋。
25 金銀糸で刺繍を施した高級な絹織物。

「わかりません」

川辺でカワニナを捕っているところを連れてこられたと言おうとした彼女は、男と目が合ってすぐに口をつぐんだ。

走っていた列車は途中で止まり、トンネルの中でしばらくの間停車したりした。

三日だったか、四日だったかわからない。途中で列車を乗り換えたような気もするが、それもよく思い出せなかった。

男がついに降りろと言って下車した駅がハルビン駅だった。五月中旬だったが、三月初旬のように肌寒かった。空はセメントをひと塗りしたようにどんよりと曇っていた。そこが三月でも足首まで雪が積もる場所だということを少女たちは知らなかった。少女たちの顔は三、四日も洗っていない上、列車の煙をかぶって真っ黒に煤けて見えた。目がまん丸な少女の白い紫薇紗チョゴリも垢で汚れ、皺が寄っていた。

駅の周辺は日本軍だらけだった。軍装を整え、くるくると巻いた軍用毛布を瘤のように背中に背負い、ライフルを右肩に掛けた日本兵は、一団となって忙しくどこかに移動していた。地面に寝転がって眠っている軍人もいた。鉄帽を被った頭を同じ方向に向けて眠る軍人たちは、同じ悪夢を見ているかのように苦しそうな顔をしていた。遊び疲れて眠る男の子のように幼い顔もあった。軍人のひとりは、鉄帽が脱げて転がっていくのも知らずにきりきりと歯ぎしりをしていた。砂利をぎっしりと載せた荷車を馬が引いて横を通りすぎても、軍人たちは目を覚まさなかった。

黒や白の木綿の風呂敷包みを抱きかかえた少年たちが駅前の一角に何人も座っていた。その少年たちの顔も何日も洗っていないのか、汚れていた。泥があちこち跳ね、荷台に張った幌がぼろぼろに破れた貨物トラックが走ってきて、少年たちの前に止まった。


果てしなく広がる大平原の悪路を貨物トラックが半日も走って[*41]着いた場所には、ベニヤ板で四方を囲み、屋根に瓦を乗せた家があった。

灰青色の着物を着て草履を履いた小太りの女が、足をずるずると引きずりながら鉄条網[*42]の向こうから歩いてきた。

貨物トラックの荷台から下りる少女たちを見るやいなや、女は数を数えた。羊や山羊といった家畜の頭数を数えるように。

夕暮れの空は血で汚れた洗濯物[*43]を洗った水を撒いたようだった。

鉄条網の向こうに目をやった彼女は悲鳴を上げた。青い着物を着て顔を赤く塗った女が、お化けのように立っていた。口に何かを咥えている女は、人間ではなく案山子だった。案山子が口に咥えていたのはコンニャクだった。[*44]

少女たちの人数を数えていた女が、急に貨物トラックの運転手と日本語で喧嘩を始めた。彼女は怖くなって、木綿の風呂敷包みを抱えた少女の後ろに隠れた。列車に乗っている間中、少女は風呂敷包みを下ろさなかった。列車が清津を過ぎる頃、少女は風呂敷包みから白い餅を取り出して他の少女たちと分け合って食べた。少女の母親がお腹が空いたら食べるように持たせてくれたという餅には、鼠の目のように黒くて小さな豆が点々と入っていた。黒豆は饐えて酸っぱい匂いがしたが、少女たちは餅を口に入れてどろどろになるまで噛んだ。[*45]

腹を立てた運転手が、家畜の群れを追うように少女たちを鉄条網の柵の中に追い込んだ。口ひげを生やした運転手は黄ばんだ炭坑パジ[26]に黒い帽子を被り、度の強い金縁眼鏡をかけていた。[*46]

女は少女たちに自分をオカアサンと呼ぶように言った。オカアサンが日本語で母親を意味することを、彼女は他の少女から聞いて知った。

オカアサンは少女たちに明日から軍人を受け入れなければいけないと言った。その言葉を彼女は軍人がきたら食事を作り、軍服や靴下などを洗濯しなければならないという意味に受け取った。

ヤマダ工場に糸を紡ぎに行くと言った少女が、オカアサンに尋ねた。

「軍人を受け入れるってどういうことですか?」[*47]

少女は列車が中国に行くのか、日本に行くのかも知らずにひたすら[*48]自分はヤマダ工場に行くのだと言った。列車が北に向かって走っているのにヤマダ工場に行くと言うので、彼女はヤマダ工場が北の方にあるのだと思った。

「軍人がきたら一緒に寝ないといけない」[*49]

オカアサンの言葉に、少女たちは訳が分からず互いに顔を見合わせた。少女たちはそれでなくとも豚小屋のような家ばかりで、工場のような建物がどこにもないことを訝しんでいたところだった。

「私たちがどうして軍人と一緒に寝るんですか？」

列車が走っている間、京城を、平壌を、新義州（シンウィジュ）[27]を、満州安東[28]を、新京[29]を通過していると他の少女たちに教えてくれた少女が詰め寄った。

「軍人を受け入れるところにきたのだから、軍人を受け入れないといけない」

「私は看護師にしてくれるっていうからきたのに、軍人を受け入れるところならこなかったわ」

出っ歯の少女が問い詰めた。

「大日本帝国に身を捧げて働けば、我々がお前たちの面倒を見てやる」[*50]

「私は良いところに就職させてやるって言われてきたんです」

「そんなことは知らない」[*51]と、オカアサンがしらを切った。

「どうして嘘をつくんですか？」[*52]

列車の中で餅を分けてくれた少女が問いただすと、オカアサンは少女の頬を叩いた。

家に帰してくれと駄々をこねる少女に、オカアサンは満州まで連れてくるのにかかった旅費を返

26 炭坑労働者が履いていた作業服のズボン。
27 現在の北朝鮮北西部に位置する都市。中国・丹東市と国境を挟んで向かい合っている。
28 安東省。かつて満州に存在した。
29 中国吉林省の省都、長春。一九三二年から一九四五年まで満州の首都だった。

せとなじり、借金を返すまでは帰さないと脅した。[*53] 彼女は、自分はカワニナを捕まえていて連れてこられたのだと話したかったが、恐ろしくて言葉が出なかった。

「お前たちが面倒を見ないと、軍人はどうやって戦うんだい？」[*54]

オカアサンは真剣な面持ちで言った。

「軍人の面倒を見るところだと知っていたら、私は絶対ついてこなかった」

かぶりを振った少女が、自分は軍人を受け入れる代わりに炊事や洗濯をすると言うと、オカアサンはその少女の頬も叩いた。

彼女は軍人たちと一緒に寝ろという言葉も、身を捧げて働けという言葉も意味が分からなかった。母親に会いたいということ以外、何も考えられなかった。彼女が家に帰してほしいと哀願しながらしくしくと泣くと、オカアサンは彼女の頬も叩いた。癇に障る泣き方だと。

ヤマダ工場に糸を紡ぎに行くと言った少女に、オカアサンが言った。

「お前は今日からフミコだ」

少女はそうしてフミコになった。

オカアサンが少女にお前は今日からオカダだと言えば、オカダになった。[*55]

夜になると、オカアサンは少女たちを部屋ごとにひとりずつ放り込んだ。

◆◆◆

少女たちは自分たちだけでいる時には、オカアサンがつけた日本の名前ではなく、故郷で呼ばれていた名前を呼んだ。

彼女は、少女たちの名前を思いつくままに声を出して呟いてみる。

キスク姉さん、ハノク姉さん、フナム姉さん、ヘグム……クムボク姉さん、スオク姉さん、プンソン……、エスン、トンスク姉さん、ヨンスン、ポンエ、ソクスン姉さん……。

列車で彼女の横に座った少女がキスク姉さんだった。

スンドク、ヒャンスク、ミョンスク姉さん、クンジャ、ポクジャ姉さん、タンシル、チャンシル姉さん、ヤンスン、ミオク姉さん……。

列車で自分は製針工場に行くと言っていた少女がハノク姉さんだった。とにかく良いところに行くのだと言った少女はエスン、大邱駅に向かう途中に立ち寄った旅館で桔梗の花を摘んでくれようとした少女はトンスク姉さん、ヤマダ工場に糸を紡ぎに行くと言った少女はポンエ……。

ヨンスンは黙って家を出てきたと言った。母親にも黙って、便所に行くふりをして着の身着のまま。[*56]長女の自分が工場に行ってお金を稼いでくれば、弟や妹がお腹を空かせなくてもすむと思って。

「母さんが末っ子を産んだ時、妊娠中に食べ物がなくて鼠の子どもみたいに小さかったんだ。お婆ちゃんが言ってた、子どもを産んだ女の人はお腹が空くと耐えられないって……それで私が木鉢を持って近所を物乞いして回って、お母さんを食べさせたんだ」[*57]

看護師にしてくれるという言葉を信じて満州まできた少女が、スオク姉さんだった。

彼女の、なつめの種ほど開いた口の中の舌が上下に動く。ボール紙のように干からびた舌の端に、名前が浮かびそうで浮かばない。

彼女がそれでも少女の名前をこれだけ覚えているのは、いつも九九を唱えるように少女たちの名前を呟いていたからだ。指を折りながら呼んでみても思い出せない名前もあった。

少女たちの中には、両親が名前をつけてやれず、名前のないまま暮らしてきて満州[*58]まで連れてこられた子もいた。釜山訛りのひどい少女がそうだった。慰安所でその少女は名前を二つ持った。オカアサンがつけた名前が一つ、日本の将校がつけた名前が一つ。

オカアサンは彼女にも日本名をつけた。そうして彼女の名前は四つになった。小さい頃に故郷の家で呼ばれていた名前、父親がつけた戸籍名、役所の職員が戸籍に載せた名前、オカアサンがつけた日本の名前。

軍人につけられた名前も合わせると、彼女の名前は十を超えた。彼女の体を通りすぎる時、軍人たちは勝手に名前をつけて呼ぶことがあった。[*59] トミコ、ヨシコ、チエコ、フユコ、エミコ、ヤエコ……。

体は一つなのに名前は四つあるからか、彼女は時々体の中に四つの魂が住んでいるような気がした。

たかだか一五〇センチほどの体の中に、四つの魂が。

慰安所にいる時、彼女は体が一つしかないことが一番恨めしかった。一つの体に二十人、三十人がアブラムシのように群がった。

一つだけのその体も、彼女自身のものではなかった。

それでも、自分のものではなかった体で彼女はこれまで生きてきた。[*60]

◆ ◆ ◆

満州の慰安所に到着した翌日、オカアサンは少女たちを広場に呼び出した。黒い帽子を脱いで鼠色の帽子を被ったオトウサンが、少女たちを広い野原に集めた。

歩いていく途中で日本軍の部隊を見た。歓声が聞こえて振り向くと、鉄条網越しに日本兵らが群がっていた。

三十分ほど歩くと、みすぼらしい藁ぶきの家[*61]が現れた。塀もない家の前に軍用トラックが止まり、日本兵が家の周囲をうろついていた。オトウサンは少女たちに列を作って並べと言った。少女たちが互いに列の後ろに並ぼうと後ずさりすると、彼はクムボク姉さんの顔を拳で殴った。驚いたクムボク姉さんが手で頬を押さえながら前に並んだ。少女たちはひとりずつ順番に家の中に入った。彼女は最後から三番目だった。少女たちが出入りする時だけ枝折戸[30]が開き、彼女はその向こうに何があるのか見えなかった。

最初に入ったエスンは見てはいけないものを見たように顔を赤くして飛び出してきた。黒いユットンチマを急いで整えながら隠れる場所を探すようにきょろきょろし、軍用トラックの後ろに行ってしゃがみ込んだ。その間にヘグムが入り、少しして甲高い悲鳴が聞こえた。三番目に入ったクムボク姉さんは顔をひどくしかめて出てきた。列が短くなるほど彼女は怖くなった。隠れる場所を探す彼女の影を、オトウサンが軍靴を履いた足で踏みつけていた。

ついに順番がきて枝折戸を押し、家の中に入ると日本軍の医官と看護師が待っていた。看護師はかなり年配の日本女性で、顔が岩のように大きかった。

看護師が日本語と朝鮮語が混ざった言葉で彼女に椅子のような、木で作られた物体の上に上がるように言った。座面に四角い穴の開いた物体の上に上がると、彼女は自分より先に入った少女が、なぜ一様にスカートを整えながら険しい顔で飛び出してきたのかが分かった。

家の中で彼女たちが受けたのは産婦人科の検査だった。木でできた物体は検診台だった。

「幼い子を連れてきたもんだ」

幽霊のように白い顔色の軍医官がそう呟くと、アルミニウムでできたアヒルの嘴のような器具を彼女の股の間に差し込んだ。

藁ぶきの家から出てきた彼女たちに、オカアサンは米袋のような黄色い服を一着ずつ与え、サックをつける方法を教えた。

「家に帰してくれませんか?」

エスンが頼み込んだ。

「私の言うことをよく聞いて軍人をたくさん受け入れれば、帰してくれと言わなくても帰してやるから、心配するな[*62]」

オカアサンは、空気の抜けた浮き袋のようなサックを自分の親指にはめて見せた。

少女たちはその日の夜から日本兵を迎えた。外に出てしくしくと泣いていた彼女は、日本兵が押し寄せてくるのを見た。検査から戻るやいなや、オカアサンが手にした鋏で髪を切られて膨れっ面だったヘグムが、驚いて体を起こした。オカアサンは、母親も勝手に切らなかったヘグムの髪の毛

30　木の枝や蔓、竹などを折り曲げて作った簡素な開き戸。

を、短く切ってしまった。

興奮した日本兵が笑い騒ぐ声がだんだん大きく聞こえた。オカアサンが少女たちに自分の部屋に戻れと怒鳴った。

朝になって彼女が裏庭の洗面所に行った時、少女たちはみんな泣きながら血のついた服を洗っていた。[*63]

少女たちはお互いの顔をまともに見られなかった。彼女は陰部が腫れてきちんと足を閉じることもできなかった。毛虫に噛まれたようにひりひりし、小便がちょろちょろとしか出なかった。

クムボク姉さんがトンスク姉さんに言った。

一緒に死のう。[*64]

ヘグムの下唇は、昨晩きた日本の将校に噛まれて赤黒く腫れ上がっていた。血を腹いっぱいに吸ったヒルがぺたりと張り付いているようだった。[*65]

初日に何人がきたのか、彼女には分からなかった。[*66]

軍人たちは十三歳だった彼女を、一晩中お手玉で遊ぶようにもて遊んだ。[*67]

◆ ◆ ◆

笑いものにされたようで急にいたたまれなくなった彼女は、拳で胸を叩きながら独りごちた。
私は罪深い……。
彼女は夜中に目が覚めても、道を歩いていても、バスを待っていても、食事をしていても、拳で胸を叩いてそう呟くことがあった。何も知らずに連れて行かれたのに、家から十里先も知らずに連れて行かれてあんなことになったのに。
初めて自分の体を通りすぎた日本の将校に、彼女は許しを請うた。悪いこともしていないのに。
「堪忍してください……」
将校は剣を手にした。剣で服が裂かれる時、彼女は翼が引き裂かれるような気がした。[*68]
彼女が許してくれと祈る時、キスク姉さんは助けてくれと祈った。軍人は小刀でキスク姉さんの太ももを切りつけた。[*69]
他の部屋では下士官がヘグムの陰部にマッチの火を近づけた。[*70]
彼女は、自分の悲鳴の後に輪唱のように続く悲鳴を聞いた。それは終わりのない輪唱だった。満州の慰安所の少女たちが入れられた部屋はベニヤ板一枚で仕切られ、お互いのうめき声まで全部聞こえた。[*71]

3

彼女が住んでいる平屋建ての家は、十五番地にある。十五坪余りの敷地に家を建てたので、庭は移葬された墓の跡のように何もなくせせこましい。トイレの前の手洗い場は洗面台だけで一杯だった。

彼女がその家に住んで五年目になるが、住民票上ではその家に一日も住んだことがない。五年前に引っ越してきてから、転入届を出していないからだ。そのせいか、彼女は時々他人の家に内緒で住んでいるように不安で心許ない。

五年も住んでいるが、彼女が転入届を出していないのにはやむを得ない理由がある。住民票ではその家に平澤（ピョンテク）[31]の甥夫婦が住んでいることになっているからだ。十五番地の一帯は再開発予定地域だ。甥は賃貸住宅の入居権を得るためにわざと十五番地に家を借り、洞事務所[32]に転入届を出した。たまに甥宛に住民税や自動車の保険料の請求書、健康保険や国税庁からの郵便物が届く。彼女は郵便物を開封せずに保管しておき、甥がくる時に渡してやる。

平澤の甥はすぐ下の妹の息子だ。生まれて育つのを近くで見守れなかったからか、彼女は彼のことが血のつながりのない他人のように感じる。その上、彼は愛想のない性格で付き合いづらい。借りた家に住むよう提案された時、有難いながらも負担を感じたのはそのせいだった。世話をかけたくなかったが、彼が丁重に頼むので彼女はそうすると言った。すると彼は賃貸住宅の入居権がどうのと言って、転入届を絶対に出さないように彼女に繰り返し懇願した。戸籍上自分と同じ家に住むことになるのがそんなに厄介で嫌なのかと傷付き、腹が立ったが、彼女は顔に出さなかった。事情を知らない親戚たちが何と言うかは明らかだった。自分の両親の面倒もろくに見ない時代に、甥が身寄りのない伯母の面倒を見てやっていると言うだろう。

彼女は、甥が借りた家を自分に提供してくれた理由が理解できるような気がする。子どもがいない境遇[*72]で、後々問題が起こらなさそうだからだ。

人々は、彼女がどこに行って何をされてきたか知らない[*73]。

他人の家で家政婦として働いているうちに、たまたま婚期を逃したとばかり思っているだろう。迷惑をかけたわけでもないのにひとり暮らしの彼女をお荷物扱いする妹たちにも、彼女はとても言えなかった。男だというだけで身震いがするほど嫌[*74]なのだと。音のしない銃があれば撃ってやりたいほど[*75]。

彼女は誰かに嫁に行けと言われると、殴りつけてやりたかった[*76]。

31　ソウルの郊外、京畿道（キョンギド）南部にある都市。

32　町役場。

一、二ヶ月に一度、甥は家に立ち寄る。マンションの警備員をしていると言っただろうか。彼女は甥がなぜそんな年齢になってまで、賃貸住宅の入居権を手に入れるために再開発地域の家を借りるのかと思う。どうして六十を過ぎるまで、自分の家も建てられなかったのだろう。
住民票では彼女は水原華城（スウォンファソン）[33]近くの集合住宅に住んでいることになっている。集合住宅の大家の女性はすでに他の人に部屋を貸しているようだった。それでなくともその女性は、九十を超えた賃借人の彼女を煩わしがっていた。女性が集合住宅の階段で他の入居者を捕まえて、ここで葬式を出すことにならないか心配だと訴えるのを、彼女は偶然耳にしたこともあった。

入居者が引っ越した後に転出届を出さないと、大家は住民登録の抹消を申請できるということを、彼女はしばらく前に知った。誰かが教えてくれたのではなく、人が話しているのを聞いて。彼女は自分の住民登録がすでに抹消されているような気がする。大家の女性が放っておくはずがない。

開発が進んで撤去が始まれば、どうなるのだろうか。彼女は甥に尋ねなかった。なんとなく聞いてはいけないような気がしたからだ。もうすぐ壊されるだろう家を、彼女は朝晩きれいに掃除する。門と窓枠のほこりもまめに払う。古い家だから、掃除を少しでも疎かにするとすぐに目につく。

◆◆◆

彼女は外に出ようとして振り向き、家を見回してみる。ふと、この家で赤ん坊が生まれたことがあるのか気になる。一つの部屋に家族が集まって住んでいた時代もあったのだから、この家にも一時は大家族が住んでいたのかもしれない。

門を出るたびに、彼女はこの家から去るような気分になる。数日前に門の鍵が回らなくなり、気を揉んでからはなおさらだ。鍵穴がひどく腐食していたせいだが、彼女は追い出された人のように力なく門の前にしゃがみこんだ。


影が濃く垂れこめる通りは寂寥として、静寂が流れる。その通りで人が住んでいるのは、彼女が住んでいる家だけだ。通りの一番奥の、誰かが住んでいそうな二階建ての家も空き家だ。十五番地はここ二、三年で空き家が急激に増えた。彼女のように事情があって引っ越せない人たちだけが、十五番地に残って住んでいる。

通りは別の通りに繋がっている。その通りもまた人っ子ひとりおらず、残っていた人も十五番地を去ったようだった。

二十分以上通りをさまよい歩く間、彼女は誰にも会わなかった。そのせいで彼女は、通りで誰かに出会ったら、自分が持っているものを全て差し出したいという気持ちにまでなった。心臓を、肝臓を、腎臓を、両目まで差し出そうと心を決めたが、誰にも会わなかった。

33　京畿道水原市にある、李氏朝鮮第二十二代王・正祖が築いた城塞。

すべり台のように傾斜の急な通りを下ろうとして足を止め、彼女は自分の足元をじっと見下ろす。履物ではなく、死んだカササギを履いているような気がした。カササギではないことを確認しても、彼女は視線を移せない。視線を移した瞬間、履物が死んだカササギに変わりそうで。

◆
◆
◆

服のリフォーム店の女性は店にいない。三坪ほどだろうか。店舗兼住居の中にはあらゆる家財道具が詰まっている。螺鈿（らでん）のたんす、螺鈿の化粧台、テレビ、二人用の食卓、ミシン、物干し、三段の引き出し、扇風機。食卓の上には炊飯器とさまざまな薬瓶がすき間なく並んでいる。物干しにはタオルや下着がたくさん干され、その下には眼鏡入れやトイレットペーパーやスナック菓子の袋などが散らばっている。女性はそこで食べて、寝て、縫製の仕事をしなければならない。主にファスナーをつけたり、カーテンのタッセルを作る仕事だ。

ミシンの下、レースがあちこちについたピンクの座布団の上で、白い犬が一匹縮こまっている。乳離れしたばかりの子犬と見まがうほど小さい犬は、もう十三歳になる。

彼女をじっと見つめる犬が起き上がろうとして座り込む。彼女は、犬のことを獣ではなく人のように感じる。人と同じ表情をするからだろう。彼女は獣である犬がどうして人が浮かべる表情をするのかと思う。人間と同じ部屋で苦楽を共にすると、自然とそうなるのだろうか。

間違いなく人の表情を浮かべる犬のことが、彼女は気にかかる。その上、犬は脱毛と皮膚のできもので見た目も不細工だ。

その犬がこれまでに産んだ子犬は全部で五十四にもなるという。女性が犬を抱き寄せて自慢するように言うたびに彼女はかぶりを振る。あんなに小さな体でどうやって子犬を五十四も産んだのだろうか。

女性は犬を人工授精で妊娠させ、子犬が産まれるとペット市場に売る。愛玩犬として人気のある犬種で、純血種なのでよい収入になるそうだ。女性は犬が出産する頃になると、麻酔をかけて犬の腹を裂き、子犬を取り出す。腹の中の子犬を一匹も失わないためだそうだ。犬の腹には、女性が自分で縫った跡が断層のように醜く残っている。

彼女は背を向けようとして止め、店の敷居におずおずと腰掛けた。彼女の様子を窺っていた犬が座布団から降り、後ろ脚と尻を引きずりながら彼女のそばに近づいてくる。敷居についた彼女の手の近くに座ると、舌で手の甲を舐め始めた。くすぐったくて妙な気分になり、指を引っ込めるが、犬は意に介さないどころか必死に舐める。

彼女は、自分の足より小さな犬が人間である自分に尽くすことがいたたまれなく、痛ましく感じる。

「舐めないで……」

犬が自分の手をそうやって丁寧に舐めることが、彼女には理解できない。彼女は犬を一度もきちんと撫でてやったことがない。いつもしっぽを振って彼女を歓迎してくれるが、人の表情をする犬のことを重荷に感じるからだ。

女性が店に入ってくるのを見ても、彼女は犬にされるままにしていた。

「可愛い？」

女性がぞんざいに尋ねる。

「しぐさが可愛いね……」

彼女はぎこちなく手を引っ込める。

「可愛いならおばあさんが飼いません？」

「私が？」

「餌も少ししか食べないし、トイレのしつけもできてるわよ」

「どうして……人にやろうと？」

「飼いたい人がいれば譲ってしまおうと思ってるのよ」

女性は口が悪く、自分のことも他人のこともお構いなしに話すが、心にもないことは言わないことを彼女はよく知っていた。

「子犬の時から飼ってすっかり情が移っているはずなのに、どうして人にやろうと……」

「自分の子どもだって時がくれば子離れするのに、犬っころに情が移ったって知れてるでしょう？」

彼女は女性の魂胆が理解できるような気がした。犬が年老いてもう子犬を産めないから、誰かにやってしまおうとしているのだ。

女性の犬への態度は彼女を混乱させた。人工授精という方法で毎回無理やり妊娠させて子犬を産ませるほど冷酷なのに、ある時はお腹を痛めて産んだ子どものように愛情深く接した。数日前にも女性は、犬に食べさせるといって干し明太の頭を煮込んでいた。彼女はどちらが女性の本心なのか分からない。どちらもなら、磁石の両極のように相反する二つの心がどうやって争わずにひとりの人間の中に共存できるのか疑問が浮かぶ。

十五番地で四十年間暮らしたといっただろうか。女性は消防署に勤める夫が四十にもならずに肝硬変で亡くなり、三人の息子を女手ひとつで育てたという。息子を育てるため深夜までミシンを踏み、朝五時に起きて弁当を六つも作らなければならなかったと[34]。もう一度同じ暮らしをしろと言われてもできないほどの生活は、それでも女性にとってはやりがいのある時代だったという。

彼女の視線がミシンの下をさまよう。犬はその間にミシンの下の座布団の上にうずくまっている。女性は冷蔵庫に向かうと牛乳を二杯注いできた。牛乳が半分以上入ったグラスを彼女の前に置く。彼女がただ見ていると、女性がグラスを手に彼女に差し出す。

34　韓国では夜遅くまで校内で自習を行ったり、放課後に塾に通ったりするため、昼食と夕食用に弁当を二つ持って行くことが多い。

「牛乳を飲むと消化が悪くて……」

男性の精液を思い出すからだ[*77]とはとても言えず、彼女はそう言いつくろう。

少女たちは軍人の言うとおりにしなければならなかった。言うとおりにしないと拳銃で陰部を撃ったりもした。

彼女が拒否すると、軍人は軍服の腰のあたりから小刀を抜き、畳に突き刺した。

精液を飲めと言った。[*78]

銃口が狙う場所が、あらゆる人間が生まれるところだということをすっかり忘れて。

ある日、日本の将校が銃でミョンスク姉さんの陰部を撃った。ミョンスク姉さんが鞭打たれても、気を失った後で意識を取り戻しても反抗したから。銃弾はミョンスク姉さんの子宮を貫通した。命は助かったが、ミョンスク姉さんの下半身は南瓜のように腐り落ちた。[*79]

精液を飲み込む時、彼女は大便を食べる方がましだと思った。[*80]

彼女はイカも食べられなかった。イカの足についた吸盤が、梅毒にかかった時に陰部にぶつぶつとできる水ぶくれと似ているからだ。水ぶくれが一度広がると、目まで痒くなった。目玉を針で突き刺したくなるほどだった。[*81]

リフォーム店を出て通りを歩いていた彼女は呟いた。

よりによって、どうして私なのだろう？

リフォーム店の女性の犬への接し方が混乱を通り越して苦痛を感じさせる理由を、彼女は知っていた。オカアサンを思い出させるからだ。

オカアサンは少女たちに日本の名前をつけ、服と食べ物を与えた。「チミガミ」[35]というざら紙のような鼻紙[*82]と、よもぎ色がかった石鹸、歯ブラシ、粉歯磨き、ガーゼでできた月経帯、タオルも分け与えた。オカアサンが少女たちに与える米袋のような服は、簡単服という紺色のワンピースだった。

オカアサンは少女たちが言うことを聞かないと、夫に言いつけた。ハルビン駅から慰安所まで貨物トラックに少女を乗せて運んだ運転手が、オカアサンの夫だった。少女たちは陸軍出身の彼をオトウサンと呼んだ。彼女はオトウサンが日本語で父親という意味だとクムボク姉さんから教わって知った。慰安所の台所の横の、少女たちが集まって食事をする部屋の壁には、彼が星の二つついた軍服を着て撮った写真がかけられていた。[*83] 少女たちがベニヤ板を何枚も組み合わせて作った食卓に座って食事をする間、オカアサンの家族は自分たちだけで食事をした。少女たちは食卓の上にない食べ物の匂いを嗅いだりした。食卓の上には水のような粥とたくあんしかないのに、サンマの匂いや牛肉のスープの匂いを。

35　出典元原文ママ

オカアサンの家族は、慰安所の片隅に小屋のような家を建てて別に暮らしていた。オトウサンは主に慰安所の入り口近くの部屋で過ごした。彼は刀と拳銃を隠してあるその部屋で、少女たちを監視した。彼は少女たちが逃げられないように、垣根の鉄条網に電気を流した。

オカアサンの二人の娘を思うと、彼女は奇妙な気分になる。その子どもたちも彼女をオカアサンと呼んだ。

考えてみれば、リフォーム店の女性はソウル美容室の主人にも犬を譲ろうとした。ソウル美容室の主人は、自分は寅年だから犬が萎縮してしまう[36]といって突っぱねた。その女性は自分の夫が働き盛りの頃に建設現場を転々としたことを、厄がついている上に夫婦間の相性が悪く、離れて暮らすことで上手くいく宮合[37]のせいだと考えていた。生まれつき相性の良くない男女がどうやってお互いに強く惹かれて結婚し、子どもを二人ももうけたのか彼女は疑わしく思う。お互いを傷つけあう相性なら、強く惹かれても夫婦の契りを交わす前に嫌いになって別れるはずではないのか。

彼女にはひとりの人間の運命を決定づけるものが生まれ持った運命なのか、気質なのか、神の意思なのか分からない。それらすべてが合わさってひとりの人間の運命を左右するのではないかとも思う。

神が存在するかどうかも分からないくせに、彼女は神を感じることがある。すりガラスに夜明けの光が滲む時、草むらから雀が群れをなして飛び立つ時、甘い桃を切って齧る時……。そんな時を挙げてみると、彼女は自分が神を感じる時が多いことに気付いて驚く。生まれて初めて桔梗の花を見た時も、彼女は神を感じた。

彼女は神のことが恐ろしくすらある。

神が存在するかどうかも分からないくせに、神が見ているかもしれないと、他人の家の庭に落ちているカリンの実一つも拾えない。神に聞こえるかもしれないと、本音だとしても人を呪う言葉を吐けない。

神が存在すると言う人たちより、あるいは自分の方が神を怖れているのかもしれないとさえ思う。

彼女がリフォーム店の女性の犬を拒んだのは、本当は別の理由があった。犬の面倒を最後まで見てやれずに、自分の命が尽きることを心配したからだ。

夫も子どももいない彼女に、人々は時々犬や猫を飼うように勧めたりした。彼女が六年間家政婦として働いた家の主人は、彼女に「活人功徳」があるとまで言った。活人功徳とは「人を生かす徳」で、その家の嫁が枯らした草花が彼女の手で奇跡のように生き返り、花を咲かせるのはそのせいだ

36 虎は肉食で犬を食べることもあるため、韓国では昔から寅年の人が犬を飼うと元気に育たないとの俗説が信じられていた。

37 陰陽五行説に基づいた夫婦や男女間の相性。または相性を判断する占い。

と言った。死にかけた人も、その徳を持つ人が面倒を見れば生き返るのだという。彼女は活人功徳があるからではなく、自分がまめに手を動かすからだと考えた。米のとぎ汁をとっておいて草花にやったり、いちばん日当たりのよい場所を見つけて草花を置いておいたり、しおれた葉がないか朝晩見てやるからだと。

もし九十三歳の自分が犬より長く生きる保証があったとしても、彼女は犬を引き取るのを断っただろう。彼女は自分が引き取って飼うものが病気になって死んでいくのを見守る自信がない。

彼女はナビが狩った戦利品を持ってこないように願うのと同じぐらい、ナビが戻ってこないことを願う気持ちが大きい。それなのに、ナビが四日以上もこないと不安になる。ナビはいくつだろうか？　飼い主がいたこともあるのだろうか？　飼い主がいたとしたら捨てられたのか？

彼女は、ある日ナビが生きているカササギを持ってこないか不安だ。

そして、ある日死んだ少女を持ってこないかも。

ところで、神も彼女を汚れていると言うだろうか？

◆　◆　◆

満州の慰安所は首を吊って死にたくても、首を吊る木一本もない地獄だった。野原に出ても、樫や粃(しいな)のようなものばかり細々と生えていた。木らしい木は高い山にしかなかった。丸四日は歩かなければならない高い山を越えると、ソ連の地があるといった。
だから少女たちは自分の血を飲み、阿片を食べて死んだ。指を切って自分の血をすすり、阿片を口にすると寝ている間に死ぬということを、どうして知っていたのだろうか。[*84]
そうやって死んだキスク姉さんの開いた口の中の歯についた血は、固まってざくろの実のようだった。
故郷の密陽（ミリャン）[38]で暮らしていた時、キスク姉さんは日本人が経営する繰り綿工場で働いていた。綿花を入れると種と綿に分けられて出てくる繰り綿機に、人の頭がくっついて回るのをキスク姉さんは見たといった。[*85]
「遠縁に当たるおじさんだったけど、その娘も見ている前でだよ。どうすることもできないから、ドンドンと跳びはねるだけだった……私と同い年で、きちんとした名前もなくて「出来そこない」って呼んでたんだ。その子は私より先に働きに行った。父親がそんなことになって、家で働けるのはその子だけだから……日本の軍需工場に行くって言ってたのに……私もこんなにはっきり覚えてるのに、あの子はどれだけ頭に焼き付いてるか。初めは髪の毛が引っ張られて……髪の毛何本かが……あっという間に頭が巻き込まれたんだ……」
死んだ日の朝、キスク姉さんはオトウサンから阿片の注射を打たれ、庭に出て踊った。慰安所の

38　慶尚南道（キョンサンナムド）の東部にある市。

庭にいる案山子も着物の袖を揺らし、つられて踊っているようだった。オカアサンは案山子をハルカと呼んだ。ハルカの顔は少女たちが慰安所に到着した日よりも赤かった。少女たちの間には、オカアサンが毎晩ハルカの顔に血を塗っているという噂が広まった。オカアサンが血を塗るのを見た少女はいないが、ハルカの顔は日を追うごとに赤くなった。少女たちの顔が黄色くむくんだり、真っ黒に焼けたりするのとは対照的に。

キスク姉さんが死んだ後、彼女は朝食を食べにこないキスク姉さんを呼びに行くために満州の慰安所の廊下を歩いている夢を時々見た。オカアサンが一日に二食しか与えてくれないせいで、朝食を食べないと夜まで食事抜きか、軍人が時折持ってきてくれる乾パンでしのがなければならなかった。夜遅くやってきて泊まっていく将校がいるせいで、少女たちは時々朝食を抜くことがあった。[*86]夢の中で、彼女はいつもキスク姉さんの部屋を見つけられない。部屋に下げられた名札に書かれた名前が、全部消えているからだ。

オカアサンは部屋の戸に少女の名前を記した名札をかけた。ウメコ、キヨコ、フミコ、エイコ、キヌエ、アサコ……。少女が淋病や梅毒などの性病にかかると、名札を裏返した。そうすると軍人らはその部屋には並ばなかった。

箸箱ほどの大きさの木でできた名札は、位牌のようだった。名札に書かれた名前は、生きている少女たちではなく、死んだ少女たちの名前のようだった。

新しいコムシン[39]をくれ、白米もお腹いっぱい食べさせてやると言われて[*87]ついて行った場所が地獄だとは、少女たちは思いもよらなかった。

地獄では鉄の持ち手[*88]がついた鞭で、真っ赤に焼けた焚き付け[*89]で、金串[*90]で、刃物で、足[*91]で少女たちを打った。

赤く焼けた鉄の棒を少女たちの膣に入れたりもした。膣を抉った鉄の棒には、黒く焦げた肉片がこびりついていた[*92]。

◆ ◆ ◆

彼女は誰も住んでいない通りに入っていった。通りを歩いて立ち止まり、彼女は空き家を見回す。空き家は種々雑多だ。窓が固く閉じられた家もあれば、通りに向かって門が開け放たれた家もある。窓ガラスが無惨に割れ、欠片が通りにまで散らばっている家も、捨てられた家財道具とごみで溢れた家もある。

彼女は、自分なら家を去る前に全ての戸と窓を固く閉じるだろうと考える。

時々、空き家なのか人が住んでいるのか分からない家がある。彼女はなぜか自分が住んでいる家もそんな気がする。

39　韓服などに合わせて履くゴム製の靴。

彼女は十五番地の空き家が鳥だったらいいのにと思う。いつの日か撤去が始まり、ショベルカーと作業員がなだれ込む前に、遠くへ飛ばしてしまいたい。

満州の野原にも家々があった。ハルビン駅で降り、貨物トラックに乗って走る間、遠くに見えた家々がおぼろげに思い浮かぶ。ベニヤ板で作ったような家も、萩の木のようなもので垣根を作った家も、かまどの焚口のように真っ黒な家もあった。家々は、あてもなく飛んでは疲れ、稲や虫を食べるために地面に下りてきた渡り鳥のようだった。

家一軒、木一株もない野原が果てしなく続くと、ヘグムが不安そうな声でつぶやいた。

「絹織物工場はまだかな?」

貨物トラックがひどく揺れ、ヘグムの顔と瞳は別々に揺れた。少女たちは一台の貨物トラックに乗せられながらも、それぞれ向かう工場がどうして違うのかも疑わないほど幼く、何も知らなかった。[*93] 彼女は製糸工場であれ、絹織物工場であれ、良い工場であれ、製針工場であれ、早く工場が現れてほしいと思った。

本当に工場に稼ぎに行った少女もいた。ミオク姉さんは六年生の時に校長の勧めで勤労挺身隊になった。電車に乗って京城駅まで行き、列車に乗って別の少女たちと一緒に釜山に行った。あまりに幼かったミオク姉さんは、どこか遠くに旅行に行くのだとばかり思った。[*94]

釜山から「かもめ」と呼ばれた連絡船に乗って下関に行き、そこからトラックに乗って富山県にある銃弾を作る軍需工場に行った。作業台が高すぎて、ミオク姉さんは踏み台の上に乗って作業をした。軍需工場の片隅には、溶かして武器を作るために朝鮮から供出された真鍮の器がうず高く積み上げられていた。軍需工場で働いている間、ミオク姉さんは月給を受け取ったことがなかった。[*95]

ミオク姉さんが日本の軍需工場にいたという話を聞いて、キスク姉さんが尋ねた。

「出来そこないのことを知らないかい？」

「出来そこない？」

「その子も軍需工場に行くって言ってたんだよ」

「出来そこないって子はいませんでした」

「おかしいな……」

キスク姉さんが首を傾げると、ミオク姉さんが聞いた。

「その子の故郷はどこですか？」

「密陽」

「晋州(チンジュ)[40]と馬山(マサン)[41]からきた子は多かったけど、密陽からきたって子はいませんでした」

「私がいた工場には、全羅道(チョルラド)からきた子が多かったよ」

40　慶尚南道西部にある市。

41　慶尚南道東南部にある地域。二〇一〇年に同道昌原(チャンウォン)市に編入された。

チュニ姉さんが言った。チュニ姉さんは縫製工場にいた。朝八時から夜七時まで洗濯と掃除をし、服を作った。その工場には三十歳を超えた、子どもと別れて出稼ぎにきた女性たちもいた。

「ご飯をほんの少ししかくれないから、一粒ずつ数えながら食べたよ。夜になるまで豆餅三切れ以外には何もくれなくて、ご飯を布に包んで腰のあたりに隠しておいて、内緒で食べたんだ。虱も山ほど食べたはずだよ。ここにくる前に故郷に電報を送ったんだ。塩と豆を送ってくれと……」

そうして数ヶ月働くと、十五、六人が呼び出されてトラックに乗せられ、どこかに連れて行かれた。大きな部屋に集まっているところに、日本兵らがきて少女たちをひとりずつ選んで小部屋に連れて入った。その後は火曜日なら火曜日、水曜日なら水曜日と曜日を決めて幼い少女ばかりを選んで連れて行った。

軍の部隊に行かなくてもいい日は、少女たちにとって解放される日だった。[*96]

「憲兵が私にいくつかって聞くんだ。私の顔が赤ちゃんの顔みたいにまん丸だから……十三歳だって言ったら、憲兵に笑われたよ」

満州の慰安所にきた時、チュニ姉さんは十五歳だった。赤ん坊のようにまん丸だったという顔は、肉が落ちて移植ごてのように尖っていた。チュニ姉さんは慰安所にきた初日から逃げ出す算段ばかりした。軍人をひとりでも少なく受け入れるために仮病を使い、オカアサンに抵抗した。ほかの少女たちが君が代を歌い、皇国臣民の誓詞を斉唱する時も、金魚のように口だけパクパクさせた。

朝食を食べる前に少女たちは庭に集まった。日章旗に向かって直立不動で立ち、君が代を歌って皇国臣民の誓詞を大声で唱えた。

夏だったので、朝から便所が悪臭を放った。一晩中悪夢に苦しめられたように魂の抜けた少女たちは、よろよろと庭に出て日章旗の前に立った。頭を垂れて立ったまま寝ているヘグムの首筋に、鉛の欠片のような日差しが刺すように降り注いだ。便所でふ化したウシバエが少女たちの間を飛び回った。夏中、便所には蛆虫や蚊、ウシバエがひしめいていた。チュニ姉さんは栄養失調ではたけだらけの顔を手で掻きながら、呪詛混じりの独り言を呟いていた。ハノク姉さんは腋の下を掻きむしった。虱は少女たちの腋の下にも住みついた。

彼女はヨンスンの横に行って立った。

「何かあったの?」

夜更けに彼女はヨンスンの悲鳴を聞いた。部屋の戸を壊す音、廊下を走っていく音、オトウサンが軍人と争う声がしばらくの間聞こえてきた。

「君が代は千代に八千代にさざれ石の巌となりて苔のむすまで……」

少女たちは君が代を歌い始め、彼女とヨンスンも歌った。ヨンスンが突然がばりとしゃがみこんだ。黄色い膿がヨンスンのふくらはぎを伝って流れた。ヨンスンの黒く開いた口に、ウシバエが飛び込んだ。

虱は少女たちが天皇を称揚し、皇国の臣民として忠誠を誓う間にも血を吸った。

今日はやけに満州の慰安所のことがまざまざと思い出される。煉瓦で壁を作り、ベニヤ板で四方を囲んだ慰安所の建物には、筍のように伸びた廊下の両側に部屋がぎっしりと並んでいた。廊下に敷かれた床板はいびつで、あちこちでぎしぎしと音を立てた。廊下の端の土間には台所があり、中国式のかまどが設置されていた。ベニヤ板で作った棚の上には、少女たちの飯茶碗である丸いブリキの器が塔のように重なっていた。鼠が出ると、オカアサンは台所のあちこちに接着剤のようなものが塗られた画用紙を置いた。台所に出入りするのをオカアサンが嫌がるので、少女たちは水を汲みに行くときだけ台所に入った。台所に水を汲みに行き、鼠捕りに足としっぽが取られて身動きできない鼠を見るたびに、彼女はその鼠が自分のように感じた。鼠捕りに捕まって鳴いている二匹の子鼠を、母親が目を光らせて守っているのを目にしたこともある。

慰安所の庭の地面に、乱暴に結んだメドゥプ[42]のような草がまばらに生えていた。裏庭には小川が流れていた。地面を掘って小川が裏庭に流れ込むようにし、水がたまるところに国防色のシートを張って洗面所を作った。ホースを五、六本埋め、先に玉杓子のようなシャワー器をつけてあった。[*97]

ベニヤ板で四方を囲んで作った便所は全部で三つだった。オカアサンは便所の扉に黄色い南京錠をつけ、少女たちに鍵を与えた。軍人らが使えないようにするためだった。軍人らの糞尿までは処理できない上、臭気がひどいからだった。主に夜に訪れる将校らは例外で、少女たちは彼らには便所の鍵を渡してやった。[*98]

部屋ごとにある窓は、奇妙なほど高い場所につけられていた。その上黒い木綿のカーテンが床まで長く垂れており、部屋は真昼でも洞窟のように薄暗かった。

部屋はおおよそ一坪半程度だった。一坪半に満たない部屋もあり、一坪半より少し広い部屋もあった。後に人数が増えると、オカアサンは大きめの部屋を毛布で区切って部屋を増やした。

通りを歩きながら高い場所につけられた窓を見るたび、彼女は否応なしに満州の慰安所の部屋を思い出した。背がどれだけ伸びても、少女たちの頭は窓枠の下まで届くのがやっとだった。

◆◆◆

あの女の子だ。


通りで初めて女の子とすれ違った時を思い出す。向こうから歩いてくる女の子を見て、プンソンが生き返ったのかと体が震えるほど驚いた。短いおかっぱ頭に目が白玉のようにまん丸な女の子は、プンソンにそっくりだった。

綿花を摘んでいるところを連れて行かれたプンソンは痛い、痛い[*99]という言葉が口癖だった。陰部にひどく膿が溜まり、プンソンが歩くこともできなくなると、オカアサンは小刀で膿の溜まった場所を切り裂いた。指で押して膿を絞り出すと、白い粉を振った綿を貼り付けた。

---

42 朝鮮半島に伝わる伝統的な飾り結び。

日本の将校がプンソンに遊ぼうと飛びかかった。遊ぼうというのがどういう意味か分からず、ぽかんと立ったままのプンソンを、将校は引きずって地面に叩きつけた。

女の子は背中にかばんを背負い、刀でめった切りにしたようにひびの入った塀の下にうずくまっている。数ヶ月間通りのどこにも姿が見えず、引っ越したのかと思っていた。

女の子がまだ十五番地に住んでいることを、彼女は奇跡のように思う。十五番地では子どもたちは貴重だ。彼女が引っ越してきた時には通りから時折子どもたちの声が聞こえてきたが、子どもがいる家はほとんど引っ越してしまった。十五番地は子どもたちが育つにはうら淋しく、落ち着かない。そのせいか通りですれ違うたびに、女の子が十五番地だけでなく、世界に残された唯一の子どものような気がする。

いつものように、女の子は今日もひとりだ。女の子が友達と一緒にいるところを彼女は見たことがなかった。

小さくて胸に食い込んだ黄色いワンピースの下に、太ももが覗いている。ワンピースの裾が骨盤までめくれ上がり、下着が見えそうだった。母親はいないのか、もしくは働いていて娘に気が回らないのだろうか？　彼女は自分が女の子の母親なら、ひとりで十五番地の通りを歩かせないだろうと思う。女の子はまだ母親の胸の中でだだをこねる年頃にしか見えないが、微かに少女らしさが漂う。

ワンピースの裾を下ろしてやりたくて、彼女は女の子のそばに近寄った。慎重に近づいたのに、女の子の目に警戒心が宿った。警戒心はすぐに敵意に変わった。

それ以上近づけず、女の子の様子を窺う彼女の目に、何かが飛び込んできた。地面に伸ばした女の子の手が何かを持ち上げた。何かと思って見つめていた彼女の口が開く。

「お面か、学校でお面を作ったんだね……」

ただのお面ではなく、紙を煮た糊で作ったものだった。好奇心でお面を見つめていた彼女は首を傾げた。目と鼻はあるが、口がない。

女の子が体を起こすと、彼女に突然お面を差し出した。

「つけてみて」

女の子の声は唐突に聞こえるほど高く、彼女はたじろいだ。

「つけてみて」

だだをこねるようにねだられ、彼女は女の子が自分にくれるためにそのお面を作ったのではないかとすら思った。

難しい頼みごとではないのに、彼女は気が進まなかった。口がない上に、顔全体を紫色に塗ったお面がどうにも忌わしかった。

ただの紙のお面なのに、それをかぶると顔にくっついて取れなくなりそうだった。自分に残された時間がどれだけあるか分からないが、お面をかぶったままで残りの日々を過ごさなければならないような考えさえ浮かんだ。死んで自分の顔が腐り落ちた後にも、紙のお面は腐らずに地面の中でさまよっていそうだった。

「つけてみてったら!」

今度は命令口調だ。

彼女は仕方なくお面を受け取った。女の子の顔に意地悪さを通り越して狡猾な表情が浮かんだ。女の子の顔が奇妙に歪み、その瞬間海千山千の老人のように生気を失って見えた。

彼女は女の子の顔をつとめて避け、自分の手にあるお面を見下ろした。絵の具を塗った上にニスを重ね、ひどくテカテカしている。その光沢によって、人間の彼女にはまねできないおかしな表情がお面の表面に作りだされる。

彼女は女の子と自分を見ている人がいないか通りを見回した後、やっとお面を自分の顔に持っていく。お面の目の部分に開いた穴に自分の目を合わせるために、お面をあちこち動かしていた彼女は、何かがおかしいと悟った。目の穴が彼女の瞳に合わず、ずれてしまう。片方の目が合えばもう一方の目がずれるといった具合に。

目の穴と瞳を合わせようと苦労する彼女の耳に、女の子の高く細い笑い声が聞こえる。笑い声は遠ざかったかと思うと、突然消える。彼女はようやくお面を顔から外して急いで通りを見回したが、どこにも女の子の姿はない。

「ちょっと、お面を持って行かないと……」

彼女の怯えた声が通りに虚ろに響く。

お面も、女の子を通じて神がくれた贈り物だろうか？　死んだカササギは猫を通じて、お面は女の子を通じて。

彼女は死んだカササギより、お面の方がもっと恐ろしい。死んだカササギは返せなかったが、お面は返してしまいたい。

女の子にお面を返したいが、彼女は女の子の家がどこなのか知らない。それでなくとも彼女は女の子の家がどこなのか気になって、隠れて後をつけたことがあった。鬼ごっこをするように彼女を連れて通りをさまよい歩いた女の子は、突然蒸発するように消えた。

いくつだろうか？　十歳？　十一歳？　十二歳？　十三歳？　彼女は家の門を出るたびに、もし通りで女の子に会ったら年齢を聞いてみようと決心するが、いつも忘れてしまう。

どんなに上でも十三歳にはならないだろう。彼女はあの時、自分がたった十三歳だったことが信じられない。

満州の慰安所で、酒に酔った将校が手刀を抜いて彼女の陰部を切り裂いた。まだ十三歳で、自分の性器が入らないからと[*100]。

彼女は最後のひとりはもしかしたらエスンではないかと思う。顔が浅黒く、一重まぶたのエスンは、水に溶かして使うように言われた過マンガン酸カリを飲み下した。幸いクムボク姉さんが吐かせて死なずにすんだが、喉が焼けてしまった。[*101] その時に声帯も傷付き、オウムのような声で話した。過マンガン酸カリは、ほんの少し水に溶かしてもすぐに赤みがかった色を帯びる。少し多く溶かすと黒い色を帯びる。食べると死ぬこともある過マンガン酸カリを溶かした水で、少女たちは陰部を洗った。[*102]

◆◆◆

少女を探してさまよっていた彼女は、ミニスーパーの前にきた。ミニスーパーの男性は妻の髪を梳かしていた。後ろから自分を抱き寄せるようにして支えている夫に髪を任せたまま、女性は両目を閉じている。斧の形をしたオレンジ色の櫛を持つ夫の手が震えるのが、店の外の彼女にもはっきり伝わる。中風のせいでぶるぶると震える手で妻の髪を梳かす男性に、彼女は感服した。男性はそれ以外に地上でやるべきことが残っていないかのように、妻の髪を梳かす。

下半身が麻痺して動かない女性は、店の横の小部屋の敷居に頭を向けて一日中横になっている。店にくる客にも寝たまま応対し、釣銭も寝たまま渡す。服のリフォーム店の女性はそれが見苦しいと、ミニスーパーではガム一つ買わない。女性が自分で起きて座ることもままならないとよく知っていながら。

彼女は、彼らが夫婦の縁を結んでから最も恍惚としたひとときを送っているのではないかと思う。

祝福のように与えられたひとときをできるだけ長く享受するために、あんなにゆっくりと髪を梳かしているのではないか。

彼女の記憶では、男性は一時は市役所勤めの堅実な公務員だったが、ギャンブルに溺れて身を持ち崩した。ギャンブルのせいでできた借金を返そうと、離島の養殖場で働いていて脳卒中になった。リフォーム店の女性の話によると、ミニスーパーの女性が半身不随になったのも、そもそも夫のせいだという。脳卒中で倒れた夫の代わりにあらゆる商売をし、借金をやっとの思いで返済すると、不運にも雪で凍った道で滑り、脊椎を傷めた。手術を三回も受けても妻は起き上がれず、夫は生活のために店を出した。

男性がうっかり櫛を取り落とす。男性が櫛を拾い上げるまで、彼女は棒立ちのまま待つ。

◆◆◆

彼女は普段通らない通りに足を踏み入れる。十五番地は、通り全体が不規則に入り組んでいる。ある通りはとても長く、ある通りは短い。二股、三股に分かれた通りがあるかと思うと、行き止まりの通りもある。曲がりくねった急勾配の通りもある。

通りで彼女はよりによって老人と出くわす。老人はひとりではない。いつものように息子と一緒だ。木の節のようにずんぐりとした顎と縮れた髪が印象的な老人は、どこに行くにも息子を連れて歩く。老人の息子は五十をとうに過ぎているが、先天的な脳の障害で五、六歳程度の知能しかない。

父子だというのが信じられないほど、老人とは似ても似つかなかった。地面を見下ろすように背と腰が曲がった矮小な老人とは違い、息子は相撲取りのような巨体で、眉が濃く目鼻立ちが大作りだ。

通りに立ち尽くしてびくともしない息子を、老人がなだめる姿を彼女は時々見かけた。しかし老人が息子を叱りつけたり、怒りを爆発させる姿を見たことはなかった。

ソウル美容室の女性によると、老人は息子を溺愛しているという。十数年前に福祉館の人々が老人のもとを訪れ、息子を障害者施設に入れてはどうかと持ち掛けたことがあった。怒り狂った老人が目の色を変え、出刃包丁を取り出して騒いだ後からは、誰も老人に息子の話を持ち出さない。

それでなくとも彼女は、もしかしたら老人父子と出くわすのではないかと気を揉んだ。十五番地の通りで彼女が最もよくすれ違うのは彼らだ。彼らは彼女にちょっかいを出すどころか知らんぷりをしてきたにもかかわらず、彼女は彼ら父子とすれ違うたびに心臓の鼓動が早くなる。

鼻がひりひりするほどの小便の匂いは、老人父子からするのか、通りからするのか彼女には分からない。

老人は十五番地一帯の空き家を回って電線を集めている。電線の中の銅線を古物商に売るためだ。

老人が住む家は彼女の家と通りを二筋挟んだ先にある。崩れた塀の向こうに庭が見える家が、老人の住む家だ。庭は老人が集めた電線と銅線の塊で溢れている。

彼女は老人が空き家からどうやって電線を集めているのか分からない。死んだ獣の体から血管を抜くように取り出しているのではないだろうか。

彼女の両目が、老人の手にある玉ねぎを入れる赤い網をとうとう見てしまう。網の中には、子猫が入っている。

老人は空き家に入って電線を集めるほかに別の仕事もしている。それは子猫の捕獲だ。老人は十五番地一帯の子猫を、手当たり次第捕まえては市場で売る。家のない野良猫が交尾して生まれた子猫だから、老人に文句を言う人はいない。ソウル美容室の女性は、老人が子猫一匹当たり最低五千ウォンは受け取るだろうと話す。

四ヶ月ほど前、彼女は今日のようにあてもなく通りを歩いていて、老人が子猫をどうやって捕まえるのかはっきりと目撃した。老人の手が鳥の足のように縮み、子猫の首筋を素早く掴むのを。恐怖におびえて立てた爪で空中を引っ掻く子猫を玉ねぎの赤い網に無理やり入れ、その重みで長く伸びた網を空き家の門柱にかけるのを。網は、子猫を捕獲するのに最適の道具だった。

父である老人がすべての過程を終えるまで、息子はお仕置きを受ける小学生のようにおとなしく見守った。彼女は、なぜだかその過程の全ての場面が息子の頭にすっかり刻まれたような気がした。

老人は子猫が入った玉ねぎの網を電信柱にくくりつけ、大手を振って通りに出る。

網の中の猫は疲れ果てたのか、最初から諦めているのか、死んだようにおとなしい。暴れたり鳴いたりもしない。彼女は子猫がすぐに自分の運命を受け入れたことを幸いに思う反面、気の毒でもある。母親の乳も満足に飲めなかったのか、子猫はあばら骨が浮き出るほど痩せていた。

十五番地が空き家と猫だらけの再開発予定地域ではなく田舎だったら、老人は子猫ではなく野ウサギやキジ、イノシシを捕まえただろうか？

子猫を市場で売って得た五千ウォンで、老人は何を買うのか？　米？　卵？　塩？　インスタントラーメン？　牛乳？　ジャガイモ？　小麦粉？

五千ウォンあれば、ミニスーパーで売っている卵を一パック買うことができる。一ヶ月ほど前に、彼女は老人がミニスーパーで卵を一パック買っていく姿を見た。

もしくは五千ウォンで電気代や水道代、都市ガス料金を払うのだろうか？

彼女の存在に気付いた子猫が、細く長い息を吐く。

彼女は緊張した面持ちで通りを見回す。通りには彼女と子猫だけだ。

玉ねぎの網は彼女が背伸びをすれば十分に届く高さにかかっている。しかし彼女はどうしても玉ねぎの網を電信柱から下ろし、子猫を放してやる気になれない。子猫を網から取り出して放してやる余力がない。

慈悲の心がないからではなく、慈悲を施すには年を取り過ぎているのだと自らを慰めるが、彼女は子猫のせいでどうしようもなく自責の念に苛まれる。子猫をこれっぽっちも傷つけていないのに、ひどいことをしたような気がする。

玉ねぎの網に入れられた瞬間、子猫は老人のものになった。

畑の草取りをしていて、[*103] 綿花を摘んでいて、[*104] 水甕を頭に載せて村の井戸に水を汲みに行って、[*105] 川辺に洗濯をしにきて、[*106] 学校に行く途中で、[*107] 家で父親の看病をしていて[*108]無理やり連れてこられた少女たちが、オカアサンやオクサンやオバサンやオトウサンと呼んでいた日本人のものになったように。

はじめに人間は土地もそんな風に自分のものにしたのだろうか？　栗や柿の木も？　泉も？　犬や山羊や豚のような家畜も？

満州の慰安所で、少女たちは山羊のような家畜と同じだった。オトウサンは少女たちが言うことを聞かなかったり逃げ出したりして捕まると、黄色い革紐を首に縛りつけて引きずり回した。[*109]

4

彼女は長い間立ったまま、家の門を凝視している。百年ほど家を空けて戻ってきたような心持ちだ。子どもの頃に家を出て、[*110]年を取るだけ取ってからやっと。

門を開けて庭に入るのが恐ろしい。門からきびすを返して通りに戻りたいが、彼女には行くところがない。[*111]

◆◆◆

彼女は女の子から受け取った紙のお面を縁側の隅に置いて、水道の方に行く。蛇口をひねると水色のホースがごぼりと水を吐く。排水溝に流れ込む前に渦を巻くように溜まった水を見つめていると、その水に乗って流れていくような錯覚を覚える。

水にゆらゆらと映る自分の顔をぼんやり眺めていた彼女は、洗面器を傾ける。水と一緒に、その水に広がった彼女の顔を地面に流してしまう。洗面器の中の水が腰湯に使った水を思い出させたからだ。

オカアサンは少女たちに過マンガン酸カリを溶かした水で腰湯をするように言ったが、彼女は真水で腰湯をした。過マンガン酸カリを溶かした水は赤っぽく、その水で腰湯をすると山羊や豚のような獣の血で下半身を洗うような気分になるからだった。

ひとり終わるたびに一回、十人を相手すれば十回。二十人を受け入れれば二十回洗った。自分の皮膚ではなく、他人の皮膚のように感じるほど、とにかくひたすら洗った。冬にも冷水で洗うため、下半身が冷えきった。

平壌の検番[43]出身で、細面で容姿端麗なことから高級将校らに人気があったヒャンスクは月経が重かった。月経のたびに軍人を取れないと、オカアサンはヒャンスクを中国人村にある産婦人科医院に連れていき、冷湿布をさせた。氷で冷やしても陰部が取れそうなほど痛いと泣き顔のヒャンスクは、真っ黒い血を流した。[*112]

「死んだ血だよ」

クムボク姉さんが言った。

少女たちの間では、冷湿布のしすぎでヒャンスクの子宮は鶏の砂肝ほどに縮み上がってしまったとの噂が流れた。[*113]

家畜と同じだから、彼らは少女たちの子宮を勝手に摘出したりもした。少女たちが妊娠すると、

43 妓生（キーセン）が芸事の稽古をしたり、座敷への派遣の取次を行うところ。

再び妊娠しないように、胎児と一緒に。

少女の体に子どもがいると、犬の値段にもならなかった[*114]。

満州の慰安所に連れていかれた時、十三歳でまだ月経のなかった彼女は、月経のある少女たちが妊娠するかと恐れるのを見た。少女たちのうちひとりがつわりが始まったり、腹が膨れたりするとオトウサンは貨物トラックに乗せてどこかに連れて行った。半日ほどすると、少女は体に血が一滴も残っていないかのように蒼白な顔で戻ってきた。

子宮を体から取り出すことができるということを、少女たちは知らなかった。

妊娠するとすぐに掻き出しても、全く妊娠できないように子宮を取り出しても、子どもを産む少女はたまにいた。サックをつけようとしない日本兵らがいる上に、サックが破れることもあった。

チュニ姉さんは、生理がないのは子どもができたからに違いないと、鋳鉄のアイロンで腹を押した。鋳鉄のアイロンは鋳型のように中が空いており、その中に豆炭を入れて使用した。ハノク姉さんは赤く焼けた豆炭を箸でつまんでアイロンの中に入れた。豆炭ひとかたまりが加わるごとに、鉄のアイロンはさらに熱くなった。

「ああ、熱い！　これで本当に赤ちゃんが流れるの？」

チュニ姉さんが思い切り顔をしかめた。

「じっとしてて！」

ハノク姉さんは豆炭をもう一つアイロンの中に入れた。

ハノク姉さんは翁草の根っこを食べれば子どもが流れることも知っていた。彼女の故郷の村の墓地によく生えていた翁草は、満州では目を皿のようにして探しても見つからなかった。[*115]

月経が始まってから、彼女はサックが破れる音が世界で一番怖かった。病気が移ったり、子どもができたりしそうで。彼女はサックが破れる音が聞こえるとがばりと起き上がり、かんしゃくを起こす軍人にサックをもう一度被せるよう頼み込んだ。[*116]

彼女が雷に打たれた人のように起き上がると、驚いた虱がごまのように跳ねた。

オカアサンは少女たちに赤黒い色の豆粒ほどの丸薬を分け与えた。飲むと病気にならないというその薬を彼女は隠れて便所に捨て、オカアサンに殴られた。飲んだと言えばいいものを、嘘をつくことも知らず[*117]捨てたと正直に話したからだ。

匂いを嗅いだだけで鼻がただれそうな強い薬が水銀薬だとは、少女たちは夢にも思わなかった。[*118]

生理中にも少女たちは軍人を受け入れた。うずらの卵のように丸く固めた脱脂綿を膣の奥に入れて血が流れないようにした。軍人らを受け入れると、脱脂綿はどんどん奥深くに入っていった。[*119]両足を広げて座り、脱脂綿を膣の中に押し込むたびに、彼女は自分がアヒルにでもなったような気がした。

少女たちはまれに死産することもあった。過マンガン酸カリを溶かした水で洗い、六〇六号注射[44]を打たれたせいで、胎児はまともに育たなかった。[*120]

栗を食べていたスオク姉さんが部屋の中をのたうち回った。クムボク姉さんがスオク姉さんの腹を触って言った。

「赤ちゃんがいるみたい」

スオク姉さんの顔が真っ青になった。

数日後、オトウサンがスオク姉さんを貨物トラックに乗せて中国人村に連れて行った。軍人を相手していてスオク姉さんが戻ってくるのを出迎えられなかった少女たちは、朝になってようやくスオク姉さんの部屋を覗いた。スオク姉さんは悪寒に震え、歯をカチカチ鳴らしていた。スオク姉さんがかけている毛布からは、生理の血と漏らした小便の匂いがした。ヘグムが自分の毛布を持ってきて、スオク姉さんにかけてやった。ヨンスンも毛布を持ってきてかけた。彼女は毛布の外に飛び出したスオク姉さんの手を握った。骨だけになった手は氷のようだった。

「七ヶ月にはなってただろうって」

スオク姉さんが吐く息からは、よく蒸した茄子の匂いがした。

「男の子だったってさ。取り出したら顔と体の半分が腐って死んでたって……」[*121]

クムボク姉さんが水に濡らした手拭いでスオク姉さんの顔と首筋を拭った。

「七ヶ月なら指もついてるだろう?」

スオク姉さんがクムボク姉さんを見つめた。

「うちの末っ子が月足らずで生まれてね。母さんが七ヶ月で産んだから。目鼻立ちはちゃんとしてたよ。母さんが私に赤ん坊の指の数を数えてみろっていうから数えたんだ。十本全部ついてるって言ったら、足の指も数えろって。七ヶ月で生まれたから、手足の指が足りないんじゃないかって心配したんだ。十本あるって言ったらようやく赤ん坊を胸に抱いたんだ。赤ん坊が何か足りないんじゃないかって怖かったみたい。目、鼻、口もちゃんとついてたし、髪の毛もかなり生えてたよ」

そうつぶやくヘグムの脇腹をハノク姉さんが指でつついた。


赤ちゃんを死産した後、スオク姉さんの黒目は真ん中から少しずつ上に上がっていった。そのままどんどん上がっていって、ある瞬間目の外に永遠に消えてしまいそうなほど。

薄赤く、焼けるように熱い六〇六号注射を打たれると腕が抜けそうなほど痛かった。[*122] それを打たれると三、四日は天地がひっくり返ったようにふらつき、胃がムカムカした。ひどく嫌な匂いが鼻についた。月経が一ヶ月おきになった。ヒ素が入ったその注射を打つと不妊になることもあると、誰も少女たちに教えてくれなかった。少女たちの腕に六〇六号注射を打った看護師すら教えてくれ

44 梅毒治療薬のアルスフェナミン（有機ヒ素化合物）。ドイツのエールリッヒと日本の秦佐八郎が開発し、六〇六番目に生成された化合物であることから六〇六号注射と呼ばれた。

なかった。オカアサンに至っては、その注射を打つと血がきれいになると少女たちに嘘をついた。[*123]

彼女は六〇六号注射を打たれるのと同じぐらい、サックを被せるのが嫌だった。オカアサンが大切に使えと文句を言う上、数が足りなかったので少女たちは一度使ったサックを洗ってまた使った。少女たちの体を通りすぎた後、軍人らは自分が使ったサックをブリキの缶に捨てていった。サックが山盛りになったブリキの缶からは、吐き気がするほど生臭い匂いがした。[*124] 少女たちは朝食を食べるとブリキの缶を持って洗面所に行った。精液がついたサックを表裏ひっくり返しながら洗った。ベニヤ板の上で乾かした後、白い粉の消毒薬を振りかけた。サックを洗うたびに、少女たちは昨夜こんなに多くの軍人が自分の体を通りすぎていったのかとぞっとした。同じ数だけまた軍人を受け入れなければならないと考えると、もう一度戦慄した。[*125]

サックを洗って乾かした後、時間があれば少女たちは庭に出て日光を浴びた。午前九時から軍人らが押し寄せるため、日光に当たる時間がほとんどなかった。午前九時から午後五時までは兵卒がやってきた。午後五時からは下士官らが、夜十時から十二時までは将校らがきた。[*126] 将校らは深夜二時、三時にもやってきた。[*127]

その日も少女たちは各自サックを洗って乾かし、庭に集まった。凍死しないように他の少女の部屋を転々としていたプンソンは、日なたに両足を投げ出していた。冷え性がひどくて軍人を取れなくなると、オカアサンがプンソンに湯たんぽも豆炭も与えなかったからだった。プンソンは彼女の部屋にも入ってきて、湯たんぽで足を温めていくことがあった。[*128]

満州の冬は、小便をした瞬間凍ってしまうほど寒かった。寝て起きると窓の内側と天井まで氷が張っていた。吐く息すら空中で凍る冬を、少女たちは毛布一、二枚と湯たんぽ、豆炭でしのいだ。オカアサンが分け与える豆炭では、凍死しない程度に暖まるのがやっとだった。

「母さんが私を嫁に行かせようとしたのに」

赤い腕章をした憲兵に捕まらないよう、米びつの中にも隠れたというキスク姉さんが言った。キスク姉さんは墓にも隠れたが、憲兵に捕まってここまできた。[*129]

娘を持つ父母は、娘を急いで嫁に行かせようと焦ったということを、彼女は満州の慰安所にきてから知った。子どものいる男やもめであれ、年を取った独身男であれ、片足を失った男であれ選り好みせずに。結婚すれば連れて行かれないと思ったからだ。そうして嫁に行ったが、夫が見ている前で無理やり連れて行かれた少女もいた。[*130] 日本兵と憲兵は少女たちが既婚者のように髪を結って手拭いを巻いていても、目ざとく見抜いて連れて行った。

「私の父さんも偽の婚姻届まで出したんだ。私より十五歳も上の崔という男と……。顔も見たことがない男だよ。私が本当に結婚することになれば婚姻届を取り消してくれるって、崔と父さんが固く約束したんだって。本当に結婚したみたいに頭も結って暮らしたのに、村の班長夫人が私が偽装結婚したことを知って、工場に金を稼ぎに行かないかってそそのかしたのさ。製針工場で三年間働けば、大金を稼げるって。班長は日本人だったんだ」

夜、一睡もできなかったハノク姉さんの目は半分閉じかかっていた。

「独身男がいれば嫁にも行けるのに……みんな徴用で行ってしまって。この子は顔が夕顔のように白くて綺麗なのに、旦那はしわしわじゃ釣り合わないよ」[*131]

トンスク姉さんが声も出さず微かに笑った。

「釣り合わなくても、そのじいさんと結婚する方がよかったかもしれないよ」[*132]

エスンのしなびた声が、抑揚もなく糸のように長く伸びた。

少女たちが挺身隊や慰安所に送られる間、少年たちは炭鉱に、製鉄所に、鉱山に、軍需工場に、飛行場に、鉄道の工事現場に徴集されていった。忠清南道（チュンチョンナムド）の論山（ノンサン）が故郷のトンスク姉さんの兄も日本に出稼ぎに行ったという。

「日本の製鉄所で職員を募集しているという広告が新聞に出たんだ。百人を募集したんだけど、住む家もくれて、月給も日本人と同じで、二年間技術を学べば資格も取れるからって。兄さんは技術を学びたがってたから」

暖まっていく日差しを後に、少女たちはひっそりと立ち上がって解散した。待ちに待った春の日差しから離れるのが惜しい少女たちは、空に向かってもう一度顔を上げてから部屋に入った。

軍人たちはすぐにわらわらと集まってきて、慰安所の庭を黄色く埋めた。庭にいる間から足首に巻くゲートルを外して自分の順番を待った。

少女たちの体を、普段は一日に十五人程度が通りすぎた。日曜日には五十人を超えた。[*133]
兵卒はズボンを脱ぐのに時間がかかるため、大概ファスナーを下ろし、褌だけ外して通りすぎた。[*134]
そんな時には、軍服のズボンの腰についた小刀の鞘が彼女の腹をちくちくと刺した。[*135]
少女たちの陰部が腫れて入らなくなると、軍人はサックに軟膏を塗って入るようにした。[*136]
軍人が通りすぎるたびに彼女は包丁で陰部をえぐり取られるようだった。軍人が十人も通りすぎると、肉をすべてえぐり取られてひとつも残らないような気がした。
陰部はいつも、針の通る隙間もないほどパンパンに腫れあがった。[*137]
少女たちは自分の体を通りすぎる軍人の人数で日曜日であることを知った。そこにはカレンダーもなく、少女たちは日付も、曜日も分からなかった。[*138] すべての日々は、分からない日々だった。分からない日々が流れていく間、少女たちはすっかり老け込んだ。

日本兵らが集まり始めると、チュニ姉さんがつぶやいた。
「あいつら、図々しくまたきやがった」[*139]
チュニ姉さんは軍人から嫌われようと顔も洗わず、髪も梳かさなかった。
軍人らはすぐに蟻がたかるように湧いてきた。[*140]
少女たちは戦闘が毎日あることを願った。戦闘がある日には軍人らはこなかった。戦闘が毎日あればと願うのと同じぐらい、戦闘に出た軍人が戻ってこないことを願った。戦闘から生きて帰ってきた軍人らは狂気に取りつかれたように興奮し、乱暴だった。頭からつま先まで埃だらけで、体を洗っていないので悪臭がした。戦闘から戻ってきた軍人が集まる日には、慰安所では口論が絶えなかった。

軍人と少女の間でひと悶着あった部屋、少女が逃げ出して連れ戻され、殴られている部屋、酒に酔った軍人が暴れている部屋、少女が悲しそうにすすり泣く部屋、サックをつけようとしない軍人と少女が騒動を起こす部屋……。

サックを絶対につけようとしない軍人が時々いた。自分は悪い病気にかかっているのでサックを必ずつけなければならないと、どれだけ頼み込んでも聞き入れなかった。今日明日にも死ぬかもしれない戦場で病気にかかったところでどうなると、聞き入れずに飛びかかってきた。そんな軍人に当たると、彼女は淋病や梅毒にかかるのではないかと気が狂いそうだった。

戦闘を前に泣いていた軍人もいた。父の軍服を盗んで着たように小さな体の軍人は、彼女を姉のように思ったのか、彼女にしがみついて泣いた。日本の軍服を見ただけでもうんざりしたが、彼女は軍人を慰めた。泣かないでと、必ず生きて帰ってきなさいと……。戦闘に出た日本兵がひとりも生きて帰ってこないことを願いながらも、怯えて子どものように泣く軍人が気の毒だった。その軍人が生きているのか死んだのか、彼女は知らない。その後、彼女はその軍人に二度と会えなかった。

軍人らは戦闘のない期間には比較的おとなしかった。

少女たちは日本が戦争で勝つことを祈った。少女たちは、日本が負ければ自分たちも全員死ぬものと思っていた。[*141]
「日本が勝てば故郷に帰れる」
オカアサンは少女たちに、日本が戦争に勝てば運命を変えてやると口癖のように話した。
「日本が勝ちさえすれば、田んぼの三つや四つは買えるぐらいの金を持たせて故郷に帰してやる」
彼女は田んぼが買えるほどの金ではなくても、服を仕立てる綿織物を数反買って故郷に戻りたいと思った。もしくは、醤を漬ける豆を数袋でも。[*142]
もうここで死んでしまうのか[*143]と思いながらも、こんなところにいて家に帰っても何の意味があるのかと、いっそ死んだ方がましだと嘆きながらも。[*144] 故郷の家に戻れば何と話そうかと絶望する時があった。製糸工場にいたと言おうか？　絹織物工場にいたと？　あるいはただ良い工場に？

オカアサンは少女を五、六人選んで奥地にある軍部隊に出張させることもあった。軍部隊から軍用トラックを差し向け、少女たちを乗せて行った。
軍部隊ではテントを張って臨時の慰安所を作り、ベニヤ板で仕切って少女たちを押し込み、軍人を受け入れさせた。少女たちは蛙のように足を曲げた苦しい姿勢で、一日中軍人を受け入れた。夜になると少女たちは曲げた足を伸ばせるようになった。将校はテントまでこず、少女たちを自分の幕舎に呼んだ。食事は軍人が飯盒で持ってくるものを与えられるまま食べた。大概は平たい麦飯数匙と、数切れのたくあんだけだった。ごくたまに、ほうれん草の入った薄い味噌汁や魚の缶詰を与えられることもあった。[*145] 少女たちは一週間ほど軍人を受け入れ、再び慰安所に戻ってきた。[*146]

ある時、軍部隊に向かう途中に中国人村を通りすぎたことがあった。少女たちは、あちこちに倒れている死体を見た。女性や子どもが死体を裏返して回りながら泣き叫んでいた。少女たちを乗せた軍用トラックは道に倒れた死体の腕を、脚を、頭をそのまま轢いて通りすぎた。軍用トラックのタイヤがぶくぶくと太った男の腹を踏みつけて通る時、その中の内臓がつぶれるのが少女たちの心臓まではっきりと伝わった。

土壁にもたれて横たわる男が死んでいるのか生きているのか分からずに見つめていると、プンソンが彼女の肩をつついた。子牛のように黄色い犬が少年の死体を咥えて行くのを見ろと。

「犬がどうして死体を咥えて行くんだろう?」

プンソンは首を傾げた。

「食べようとしてるのさ……腹をすかせているから」

チュニ姉さんが口を歪めた。

眠りから覚めたばかりのポンエが笑った。崩れた家の上で毛布ほどの大きさの日章旗がはためいていた。燃えた家の前で裸足のまま茫然自失で立っていた女が、顔を上げて軍用トラックに乗っている少女たちを虚ろな目で見た。

軍用トラックが中国人村を通りすぎてしばらく走ると、川が現れた。彼女の故郷の村に流れる川より、二倍以上幅が広かった。川の片側には根と枝を切られた木が山のように積まれていた。銃を下げた軍人らが川を見張っていた。

たくさんの死体が川を赤く染めて流れ、少女たちを乗せた船が進むと両側に分かれた。[*147]

◆◆◆

丸皿の上のジャガイモは子どもの拳ほどある。糸のような湯気を上げるジャガイモを、彼女は地上で与えられた最後の食べ物のように見つめる。

ようやくジャガイモをつまみ上げる彼女の瞳が、しばし焦点を失って揺れる。

彼女がジャガイモを持った手を前に差し出す。


食べて……


自分の前に誰もいないことを悟っても、ジャガイモを持つ手を下ろすことができない。

ヨンスンが前に座っているような気がする。

ヨンスンは飢えて痩せ衰えても、軍人が時々持ってくる乾パンやキャラメル、缶詰を食べずに木櫃の中にしまっておいた。食べるものがなく、野いばらの花やオオバナアザミの葉を食べている妹たちのことが思い出されたからだった。かっこうが鳴く頃に咲くオオバナアザミの若葉はゆでずに生で食べるが、苦みがあった。ヨンスンは食べずに貯めたものを、自分のところをよく訪れる少尉に頼んで故郷に送るのだと言った。ヨンスンと同い年の娘がいる少尉は、ある日戦闘に出て戻らなかった。[148]それからしばらく後、ヨンスンは別の場所に送られた。綿の風呂敷包みを抱えて貨物トラックの荷台に乗るヨンスンの顔は頬がこけて尖っていた。

ヨンスンを見送りに庭に出た少女たちがささやき合った。

「ここにくるときには本当に綺麗な顔だったのに、痩せてひどい顔になったね」

「腹を割いて赤ん坊を取り出したんだって[149]」

常連のような顔見知りの日本兵がしばらくこないと、少女たちは彼らが戦闘に出て死んだのだろうと考えた。

彼女はジャガイモをほんの少しちぎり、自分の口に持っていく。

飢えがどんなものなのか、少女たちはよく知っていた。

少女たちは、飢えを母親の子宮にいる時から知っていた。

口というものができる前から。

飢えは満州の慰安所にもあった。[150]オカアサンは少女たちに朝食として粥を与えた。ブリキの器に入った、顔が映るほど薄い粥に添えられたおかずは、古くなって匂いを放つ白っぽいキムチだけだった。薄い粥には、肉の代わりにコクゾウムシや蛆虫が浮かんでいた。少女たちは粥がなくなると、ブリキの器の底に映った自分の顔をすくって食べた。その顔は、いくら食べても減らなかった。そして、いくら食べても満腹にならなかった。

握り飯は大体夏には腐り、冬にはカチカチに凍っていた。淋病や梅毒にかかり、軍人を取れない少女にはそれすらもなかった。握り飯の配給を受けられない少女は、軍人が置いていった乾パンを水にふやかしてすくって食べた。水を含んで数倍に膨れ上がった乾パンは、ゆでた豚肉のように見えた。

夕食はほとんどがすいとんだった。塩と水で練った小麦粉を手でちぎってゆでたすいとんは、一皿食べると糊付け用に炊いた糊の匂いがした。[*151] 軍人を受け入れる合間に食べなければならなかったので、少女たちは数匙食べて終わりにすることもあった。彼女は、ククスはよく作って食べるが、すいとんは昔を思い出して作らない。

勤労奉仕に出る日は味噌汁を食べることができた。味噌を溶くのを途中で止めたように薄い味だったが。二週間に一度、オトウサンは少女たちを連れて勤労奉仕に向かった。そんな日は夜にだけ軍人がきた。貨物トラックに乗り、二、三十分程走って到着した場所には、不渡りを出した工場の倉庫のようにうらびれた幕舎の建物がぽつんとあった。少女たちはその中で板切れのようなものを座布団代わりにして二人ずつ向き合って座り、日本兵の軍服を仕立てた。すり切れた軍帽やズボンを縫い、穴のあいた靴下を繕った。彼女は仕立てている服が父のチョゴリだったらと思った。兄さんのチョゴリだったら。繕っている靴下が母さんのポソン[45]だったら……。彼女は自分がどうして日本兵の軍服まで縫わなければならないのか分からなかった。彼らの母親や姉が縫わずに、なぜ自分たちに縫わせるのか。恨めしい気持ちもあったが、彼女は裁縫をおろそかにしなかった。満州は冬がくると全てが凍りつき、凍った白菜でキムチを漬ける場所だった。

後になって彼女は、シンガポールに連れて行かれた少女たちが血の混じった水で炊いた飯を食べたという話を聞いた。太平洋戦争が終盤の頃、少女たちは耕運機のようなオートバイに乗って爆撃を避けながら軍人を受け入れた。夜に少女六人が集まって米数つかみを飯盒に入れ、周囲を回って探した水を注ぎ、灯りが漏れないように注意しながら飯を炊いていて爆撃に遭った。驚いた少女たちが飯盒を持って逃げ惑う間に夜が明けた。ようやく飯を食べようとすると、生煮えの飯は豚の血をまぶしたように真っ赤だった。爆弾を受けて死んだ少女の体から流れ出て溜まった血を水だと思い、それを手で掬い入れて米を炊いたのだった。少女たちは飯をどうするか相談したが、これでも食べないと飢え死にするかもしれないと、目をつぶって食べた。飢え死にしないようにと死んだ人の血で炊いた飯を食べたのに、生き残ったのは六人のうちひとりだけだった[*152]。

◆◆◆

テレビの前に座り、紙のお面を見下ろしていた彼女が首を傾げる。お面が自分の顔と似ていて、訝しく思う。女の子が瓢箪のようなお面の土台に紙を貼って目、鼻、口を形作っていく時、彼女の顔を思い浮かべたのではないか。

彼女は泣きたいが泣けない。アンコウのように口を思い切り開けて頭を垂れても、涙が一滴も出ない。妹や兄が死んだ時にも彼女は涙一粒流さないので、親戚たちは陰口を叩いた。性分が悪くて嫁にも行かず、ずっとひとりで生きてきたから泣きもしないのだと。彼女はあまりにも辛い人生だったから、まぶたを掻きむしっても涙が出ないのだろうと思った。一生かけて泣く分を、小さい時に全部泣き尽くしてしまったからだと。[*153]

長兄が死んだのに涙が一滴も出ない自分自身が情けなくて、彼女は自分が獣にも劣るようになってしまったと自らを責めた。獣でも泣くのに、人間の自分が泣けなくなったのだから。

獣にも劣るのに、生きていて何になるのかと思った。

クンジャに会ったら涙が出るだろうか？　クムボク姉さんに会ったら、タンシルに会ったら、スンドクに会ったら……。

慶尚南道の陜川（ハプチョン）が故郷のスンドクは、家政婦として仁川（インチョン）に行くのだと思ってきたところが満州の慰安所だったといった。

45　韓服に合わせて履く靴下。

「十二歳から家を出て日本の将校の家で家政婦をしてたんだ。家に食べ物もないんだからしょうがないよ。掃除して、洗濯して、お使いして、買い物もして……将校の名前はタケシだった。三年住んだ頃にタケシが私に仁川に家政婦に行かないかと聞いたんだ。仁川に行けば月に八円くれるっていうじゃないか。そうすると言ったら、三ヶ月分前払いだといって二十四円を握らせてくれた。二十円は母さんに渡して、四円を私がもらったんだ。四円でワンピースも買って、白いコムシンも買って、どれだけ嬉しかったか……出発するときに母さんが駅までついてきて林檎を買ってくれたよ。こんなことなら四円も母さんにあげればよかった。私がもらわずに母さんにあげてしまえばよかったのに」[*154]

オカアサンがつけたラジオから、かっこうの鳴き声が聞こえた。

「まったく、かっこうがなぜあんなに鳴くんだい」[*155]

スンドクが彼女を抱きしめて泣いた。彼女もラジオからかっこうの鳴き声がすると母親のことを、故郷のことを思い出した。かっこう、かっこう、その声を聴くと自然と涙が出た。

背が高く、平たい顔のトンスク姉さんもぽろぽろと涙をこぼした。

「兄弟にも会えずに死んだらどうしよう、どうしよう」[*156]

ハノク姉さんが廊下に足を投げだして座り、嘆いた。弟や妹にも会えずに死ぬのかと。製針工場で稼いで、子牛を二匹買ってやると約束したのに、会えずに死ぬのかと。

十数年前、夢にスンドクが出てきたことがあった。彼女が台所で米を研いでいると、スンドクが突然入ってきた。彼女は年を取って老け込んでいたが、スンドクは少女の姿そのままだった。服も簡単服のようなくすんだ色のワンピースを着ていた。彼女がついていくと、スンドクは窓辺に静かに座っていた。

スンドクの名前が思い出せず、彼女は聞いた。

「あなた、名前は何だったかね？」

「さあ、私の名前、何だったか……人間に生まれたのに猫や犬よりひどい暮らしだったから、名前も思い出せないみたい……[*157]」

スンドクが言った。

「私も父さん、母さんの名前も思い出せないことがあるよ」

「私は自分が今年いくつなのかも分からない」

「私もそうだよ。いくつなのかは分からないけど、十三歳で連れて行かれたのははっきりと覚えてる」

「どうしてひとつも年を取らないんだい？」

彼女は羨ましいどころか、スンドクが気の毒だった。スンドクが立ち上がろうとしたので、彼女は食事でもしていけと引きとめた。

「一番食べたいものは何？」

「唐辛子に味噌をつけて食べたい」

スンドクが言った。

「肉は食べたくない?」

「肉は食べられないいんだ。死体を焼くのを見すぎて」

彼女が食事を手に部屋に入ると、スンドクの姿はなかった。

夢から覚めて、彼女はしばらくの間すすり泣いた。スンドクがこの世を去ったのだと悟って。

解放後に帰り道が分からず、ついに故郷に戻れなかった人がテレビに出たことがあった。満州の黒竜江省の慰安所にいたというその人は、覚えているのは自分の名前だけだといった。

その人はまだ生きているだろうか。生きていればいくつだろうか。彼女はその人が自分と同じ列車に乗っていた少女のような気がした。あなたはどんな工場に行くの? と聞いたヘグムのような気が。

5

誰かが履物を盗んでいったのだろうか？　彼女の顔が泣きそうに歪んだ。庭を探していた彼女の視線がごみ箱に向かう。寝床に入る前に履物をごみ箱の裏に隠すように置いたことを忘れていた。彼女は履物を縁側の下にきちんと揃えて置く。なぜか他人の履物のような気がして履くことができず、ぼんやり見下ろしてばかりいる。

あの人が脱いでいった履物のような気すらする。二人だったのにひとりがこの世を去り、残されたひとりの履物。その人が夜中に自分の家にきて、履物を脱いでいったように。

彼女はそのひとりがもしかしたらタンシルではないかと思う。過マンガン酸カリを飲んで喉が焼けてしまったエスンかもしれない。あるいは、梅毒で失明したタンシルをいつも連れて歩いたチャンシル姉さん。姉さんは軍人を受け入れる時には、タンシルを仕方なく自分から遠くに離しておいた。一日中つけて歩いた義手や義足を外して置いておくように。

これまで生きてきて、彼女は満州の慰安所で一緒にいた少女にひとりも会えなかった。少女の消息はおろか、生死も分からない。

解放後、少女たちは散り散りになった。何人かは日本兵に付いていき、何人かは中国に残り、何人かは国境を越えて死に、どちらにしてもほとんどは死んだ。

誰が生きて帰ってきたのか気になり、どうしても会いたくてクンジャの故郷まで訪ねていったのに、彼女はひょっとすると偶然少女に出会うのではないかと怖くなる。そして、自分が慰安婦だったという事実を人々に知られるのではないかと恐れた。道を歩いていても誰かが自分をじっと見つめているような気がすると、すぐに通りに隠れてしまった。

◆
◆
◆

満州の慰安所のような場所が他にもあるということを、彼女は他の慰安所からきた少女の話を聞いて知った。それまで彼女はこの世にそんな場所はないと思っていた。
彼女が満州の慰安所にきてから三年ほど経った時、少女たちは二十五人から三十二人に増えていた。慰安所を去った少女がかなりいても、人数は増えた。自分の足で慰安所を出た少女はひとりもいなかった。みんな病気になって、追われるように慰安所を去った。オカアサンは梅毒のような大きな病気にかかると別の便所を使わせ、治ると再び軍人を取らせた。二回目まではそのようにし、三回目に再発すると部屋から引きずり出して貨物トラックの荷台に乗せ、どこかに連れていった。軍人がきて連れていくこともあった。そうして去っていった少女のうち、戻ってきた者はいなかった。故郷に帰ったのか、他の慰安所に行ったのか、オカアサンは少女に絶対に話さなかった。[*158]
自分の血と阿片を食べて死んだキスク姉さんのように、死んで慰安所から出ていく少女もいた。

少女たちがいなくなったり死んだりすると、必ず新しい少女がやってきた。彼女のように慰安所が何をするところか知らずにくる少女もいたし、他の慰安所から流れてくる少女もいた。

慰安所に新しく少女がくると、日本兵の間にすぐに噂が広まった。「新しいのがきた」と。

自分と同郷の少女がくると、少女たちはその少女を捕まえて聞いた。

大邱はどんな様子？　釜山は？[*159]

姉妹のタンシルとチャンシルも他の慰安所からきた少女たちだった。ソクスン姉さんが死んでから間もなく、オトウサンはタンシルとチャンシル姉妹を連れてきた。二人をひとり分の値段で連れてきたと、オトウサンがオカアサンに話すのをチュニ姉さんが聞いて少女たちに伝えた。


新入りの少女が何も知らないと分かると、オカアサンは少女たちに言った。

「こいつは何も知らない。教えてやれ」

そうすると少女たちはその少女を捕まえ、サックの被せ方を教えてやった。オカアサンがそうしたように、サックを親指にはめて見せた。

「軍人がつけようとしなかったら、病気があるから必ずつけないといけないって言うんだよ」[*160]

クムボク姉さんが繰り返し言い聞かせた。


新入りの少女の中には、十二歳の少女もいた。少女が着ていた墨染のチマからは、故郷の野原の山菜の匂いがした。ナズナ、ヒメニラ、ヨモギの匂いが……。

「どうしてまたここに連れてこられたの？」

六〇六号注射を打たれてぐったりしていたクムボク姉さんが尋ねた。

「泉に水を汲みに行ったら捕まえられたんです。水甕を頭に載せようとしたら、誰かが私の肩をつかんで、振り向くと軍人が睨みつけていたんです。肩に星をつけて、刀を持って……」

少女は、寝言を言うようにくぐもった声で話した。

「名前は？」

顔に黄色いできものが浮いた、おからの塊のような顔を手で掻きながらポンエが聞いた。

「ヤンスンです。ところで、ここは何をするところですか？」[*161]

気の抜けた顔つきだった少女が、ようやく正気に戻ったように目を見開いた。

「ピーヤだよ」

阿片でやつれたフナム姉さんの顔色は、冷たく暗い鉛のようだった。

少女たちは慰安所をピーヤと呼んだ。オカアサンとオトウサンも、日本兵らも、中国人もそう呼んだ。彼らは少女たちを朝鮮ピーと呼んだ。ピーが中国語で女性器を意味することを知ってから、彼女は朝鮮ピーという言葉を聞くのが一番嫌だった。朝鮮ピーは彼女が知っている悪口の中で最も汚く、おぞましい言葉だった。

「ピーヤって何をするところですか？」

「軍人がきたら一緒に横になって寝るところだよ」

ヨンスンは日本兵からもらった煙草をプカプカとふかした。鼠が捕まったのか、台所の方からチューチューと声が聞こえてきた。

「軍人とですか？　銃で撃ち殺されるかもしれないのに、どうして軍人と一緒に寝るんですか？」[*162]

ヤンスンの言葉にトンスク姉さんが笑った。

「お前は幼すぎるから殺さないよ」

ヘグムの言葉にやっと安心した表情を浮かべたヤンスンは、家に帰りたいと泣いた。

「泣いても仕方ないだろう」

タンシルの視線はヤンスンではなく、鼠が集まる天井に向かって伸びた。

「ここにきたら出られないよ」[*163]

チャンシル姉さんの唇は茄子で染めたかのように青かった。チャンシル姉さんは前の日、軍人に殴られて前歯が三本折れた。下士官が膣の中に指を入れてほじくろうとし、チャンシル姉さんが楯突いた。「お前の母ちゃんにでもそうしな！」その言葉に腹を立てた下士官は、チャンシル姉さんをしたたかに殴りつけた。慰安所を出る頃には、チャンシル姉さんの口の中には歯がほとんど残っていなかった。[*164]

オカアサンはヤンスンに小さな花という意味のコハナという日本名をつけ、空いていた部屋を使わせた。少女たちは、しばらく前にその部屋でキスク姉さんが自分の血と阿片を飲んで死んだことを黙っていた。ヤンスンはキスク姉さんが軍人と寝た畳の上で、軍人を受け入れた。キスク姉さんが着ていた簡単服を着て、使いかけのちり紙を使って、キスク姉さんが洗って乾かしておいたサックを使った。

翌日の朝、ヤンスンは少女たちの部屋を回りながら泣いた。

トンスク姉さんはある日、血を吐いた。ヘビイチゴのように濃い赤の血だった。顔が灰色を帯び、歩くのも辛がった。トンスク姉さんが結核にかかったという噂が少女たちの間に広まった。

「軍人を取りすぎて病気になったんだ」

サックをすすぐヘグムの指がぶるぶると震えた。

「私たちも病気になるだろうね」

プンソンは十五枚目のサックを洗っていた。

「あそこが使い物にならなくなるよ」

チュニ姉さんは洗おうと持ち上げたサックを破いた。

トンスク姉さんがひどく咳き込んでも、オカアサンは軍人を取らせた。トンスク姉さんが軍人を受け入れている最中に血を吐くと、オカアサンはトンスク姉さんの部屋の扉にかかっていた名札を裏返した。結核が移らないように、少女たちにトンスク姉さんの部屋への出入りを禁じた。時々、肺をまるごと吐くような咳が聞こえるトンスク姉さんの部屋には、冷たく暗い空気と一緒に血生臭い匂いが一日中漂った。少女たちはオカアサンに内緒で、トンスク姉さんの部屋を覗いたりもした。

霜が下りはじめると、トンスク姉さんの容体は急激に悪化した。

洗面所に行こうとしたクムボク姉さんがオカアサンに近寄った。トンスク姉さんの部屋から出てきたクムボク姉さんの手には、血のついた手拭いが入った洗面器があった。

「トンスクを故郷に帰してもらえませんか？」

「借金を返すまではどこにもやらないよ」

血を吐いて死にかけている間にも、トンスク姉さんの借金は蚕が繭を作るようにふくらんでいった。

「その借金、私が返すのではいけませんか？」

「お前の借金がいくらだと思ってるんだ。自分の借金を返してから言うんだね」

オカアサンは冷たく背を向けて行ってしまった。死もオカアサンを寛大にさせることはできなかった。

真夜中に馬に乗ってきた将校は、涙を流して横になっている彼女に言った。

「お前に慈悲を施してやろう」

将校はカビの生えた日本の紙幣を一枚彼女に渡した。それでも彼女の涙が止まらないと、将校は言った。

「せっかくの慈悲を断るとは」

腹を立てた将校は彼女を起こして座らせると、両頬を叩いた。

「朝鮮人に慈悲を施すなら、犬にでも施した方がましだ」

将校は彼女を裸にすると、自分の体を揉ませた。[*165] 彼女は将校の背中の上に、病気の猫のように座って肩を揉んだ。

将校が眠った後、彼女は便所に行こうと部屋から出た。ぶるぶると震えながら廊下を歩いていた彼女は、トンスク姉さんの部屋を覗いた。トンスク姉さんの枕元には、クムボク姉さんがいた。氷の塊がついた窓を、月明かりが煌々と照らしていた。慰安所はクムボク姉さんとトンスク姉さん、彼女だけが残っているかのように静かだった。トンスク姉さんの向かいのチュニ姉さんの部屋からは、息をする音すら聞こえなかった。日付が変わる頃、その部屋からはチュニ姉さんが屠殺場に連れて行かれる獣のように泣き叫ぶ声が聞こえた。

彼女は凍える足の甲をふくらはぎに当ててさすりながら、トンスク姉さんの枕元の火鉢を見た。白く燃え尽きた豆炭の中で、一つだけがかろうじて熱を発していた。誰かが、死にかけた兎の心臓を燃え尽きた豆炭の中にこっそり入れておいたかのようだった。彼女は自分の豆炭をトンスク姉さんの火鉢の中に入れてあげたかったが、もう一つも残っていなかった。豆炭が発散する熱の強さによって、トンスク姉さんの部屋の空気の色が微妙に変わった。

「寝てるんですか?」

「さっきやっと寝たよ……綺麗だろう?」

トンスク姉さんの口から白い息が紙で作った花のように咲いた。

「……?」

「トンスク姉さんの顔だよ」

彼女はクムボク姉さんの肩越しにトンスク姉さんの顔を見つめた。トンスク姉さんの顔には表情がなかった。クムボク姉さんが手を伸ばして、表情のない顔を撫でた。トンスク姉さんの部屋の中に染みついた血の匂いが鼻につき、息もできないほどだった。

「姉さんは寝ないんですか?」

「寝なきゃね……」

クムボク姉さんはそう言いながらも指でトンスク姉さんの髪を梳かした。翌朝には遠くに嫁にやる娘の髪を梳かすかのように。

やっと眠りについたトンスク姉さんは、もう目を覚まさなかった。

「姉さん、姉さん……」

エスンがオウムのような声で何度呼んでも、トンスク姉さんは目を開けなかった。タンシルが何事かと部屋の外に顔を出し、廊下を見回した。きょとんとしたタンシルの顔が、懐かしい誰かに会ったようにほころんだ。タンシルの視力を失った目は、他の少女に見えないものを見ることがあった。タンシルは、自分が満州の慰安所にくる前に死んだソクスン姉さんが鉄条網の向こうに丸裸で立っているのを見たこともあった。陰部が腫れあがって四日間大小便もできなかったヤンスンが、わんわん泣きながら廊下を通りすぎた。梅毒にかかったチャンシル姉さんの部屋の名札は裏返されていた。

頭を掻きながら部屋から出てくるチュニ姉さんは、風呂にも入らずまるで伝染病にかかった人のようだった。

ヨンスンとヘグムは向かい合って足を広げて座り、互いの陰毛についた毛虱を取っていた。

「私たち、生きて故郷に帰ろう」ヨンスンが言った。

「お互いにいつまでも忘れないでいようね」ヘグムが言った。

軍人から移された毛虱は、陰毛に寄生した。噛まれると痒く、赤く腫れあがった。少女たちは空き時間には股を広げ、互いの陰部についた虱をピンセットで取ってやった。[*166]

ヨンスンとヘグムは義姉妹の契りを結び、その証に左の手首の上に同じ模様を刻んだ。青い絵の具をつけた糸と針で刺繍をするように。[*167]

「トンスク姉さんが死んじゃった！」

エスンが泣きながらトンスク姉さんの部屋から出てきた。

クムボク姉さんはトンスク姉さんが持っていた服のうち、一番まともなものを探してトンスク姉さんに着せた。トンスク姉さんの整った長い睫毛が時計の秒針のように震えていて、彼女はトンスク姉さんが生きているのではないかと思った。

花がないので、少女たちはそれぞれ白い息で大小の花を咲かせてトンスク姉さんを飾った。スオク姉さんの口が開くたびに出っ歯がむき出しになり、唐辛子の花のような花が数輪咲いた。ヨンスンとヘグムの息が合わさって、牡丹の花が咲いた。
クムボク姉さんは、トンスク姉さんの顔の真上にテマリバナのような大きな花を咲かせていた。

オトウサンは死んだトンスク姉さんを火で焼いた。慰安所で少女が死ぬと、オトウサンは少女の死体をかますでぐるぐる巻きにし、野原に捨てるか火で焼いた。
少女たちは軍人らを受け入れながら、トンスク姉さんの死体が焼ける音を聞き、匂いをかいだ。腹が膨れて破裂する音、骨が焼ける音が、空と地面の間を流れて少女たちの耳にまで聞こえてきた。[*168]
死体が焼ける匂いは、魚の腐った匂いに似ていた。[*169]
その日に限って、軍人らがひっきりなしに押し寄せた。少女たちは夕食も食べられずに軍人を受け入れた。戦闘から戻ってきた軍人らの体からは、屑鉄の匂いがした。噴火口のような目には赤く殺気がみなぎり、狩りをする犬のように興奮が抑えられなかった。片足だけに軍靴を履いた軍人は、彼女の体に乗るやいなやアンコウのように口を開け、彼女の顔に向かって嘔吐した。縮れ毛の少尉は彼女の体に入ってくると、ハエがその場でぐるぐる回る時に出すような声を上げた。彼女は自分の体の上に乗ると同時に耳を齧った軍人が、狂犬に変わる想像をした。軍人の顔が歪む時、裸電球がチカチカした。

朝方になってようやく、彼女はトンスク姉さんが焼かれたところに行ってみた。クムボク姉さんとプンソンが先にそこにきていた。クムボク姉さんは灰の中へと歩いていった。クムボク姉さんが足を踏み出すたび、銀色の灰がかすかに舞った。夜明けの光を受けたクムボク姉さんの太ももは、血管がはっきり見えるほど真っ白だった。クムボク姉さんが腰を折ると、何かを拾い上げた。ぼんやりと白く丸いそれはトンスク姉さんの頭蓋骨で、夜明けの光を受けて奇妙な白い光を発した。クムボク姉さんが手で頭蓋骨についた灰を払った。クムボク姉さんは頭蓋骨を木綿の布で包んで胸にぎゅっと抱き、呟いた。

「温かい……心臓みたい」

クムボク姉さんはトンスク姉さんの頭蓋骨を自分の部屋に持ち帰り、服を入れる箱の中に納めた。翌年慰安所を出ていく時、クムボク姉さんは木綿包みの中に最初に頭蓋骨を入れた。生きて帰れば、トンスク姉さんの故郷の地に頭蓋骨を埋めてやるのだと言った。[*170]

将校が置いていったカビの生えた日本の紙幣を、彼女は軍票と一緒にオカアサンに渡した。少女には、軍票だけでなく日本の金も使い道のない紙きれと同じだった。少女たちは日本の金を使うことがなかった。

ポンエの部屋からクムボク姉さんがなだめる声が聞こえてきた。

「どうしたの？　こんなところで死ぬ気？」

「どうせこんな体……」

ポンエは麻薬を使っていた。

「何としても生きて故郷に帰らなきゃ、そうでしょ?」

「姉さん、私、故郷に帰っても母さんに顔向けできない……」

「しっかりしなさい。こんなところで犬死にしてどうするの?」

ポンエは阿片の代わりに煙草を吸い、強い酒を飲んだ。


少女たちは中国人村に行った時に慰安所の建物を見たことがあった。オカアサンは少女たちを軍部隊に出張させる前に中国人村にある風呂屋に連れて行き、入浴させた。少女たちが互いに垢擦りをする間、オカアサンは風呂屋で働く中国人の女児を呼んで垢を擦らせた。

ポクジャ姉さんが、中国人村の繁華街にある三階建てのレンガ造りの家を指差して見せた。ポクジャ姉さんは、トンスク姉さんが死んでから新しく連れてこられた少女だった。新しくきたポクジャ姉さんはしかし、オカアサンほどの年齢に見えた。ポクジャ姉さんはここが何をするところかと聞かなかったし、翌日泣きながら少女たちの部屋を回りもしなかった。

「あそこにも朝鮮からきた女たちが住んでるよ」

レンガ造りの家は階ごとに長い窓が一定間隔で並んでいたが、どの窓にも鉄格子がはめられていた。[*171] 家の門は鉄でできた折り戸で、門柱には木の看板がかかっていた。漢字を全く読めない彼女は、木の看板の縦書きの文字が何と書かれているのか分からなかった。レンガの家の折り戸が開くと、かなり年上に見える少女が走り出てきた。着物を着ているが、彼女にはその少女が朝鮮からきたと分かった。着物を着ていても、旗袍[46]を着ていても、彼女は故郷からきた少女を見分けることができた。少女は通りを横切ってすぐに店のようなところに向かった。何かを買った後、折り戸に向かって走った。少女が走り込むやいなや、折り戸は二度と開かないかのように鉄の音を立てながら閉まった。

「もともとは中国人がやってた旅館だったけど、日本人に奪われたんだ」

主人だった中国の男が旅館の階段で首を吊って死んだことも、ポクジャ姉さんは知っていた。

「日本兵が妊娠した中国人の腹を割いて、赤ちゃんを取り出したんだって」

ポンエが言った。

「ハルビン駅の裏で六人の日本兵が中国の女を強姦するのを見たよ。通りがかった女を見て、狂犬の群れみたいに飛び掛かったんだ。驚いた女は必死で逃げたけど、纏足のせいで逃げられずに捕まったんだ。近くに中国の男もいたけど、われ関せずと見物してたよ」

ポクジャ姉さんが言った。

一週間ごとに性病検査を受けに行くと、他の慰安所の少女たちに会うこともあった。

ある時は見慣れない少女たちが先にきて、建物の前に長い列を作っていた。軍属なのか、軍服を着た男が顔がカラタチのように黄色い少女を急かしていた。
「朝鮮女はどうしようもないな」[*172]
男はじっと立っているのも辛そうにふらつく少女の頭をこん棒で殴った。少女はコマが空回りするようにその場でくるりと回ると、膝を折るように倒れた。他の少女たちがその少女を起こそうとすると、男が叫んだ。
「死ぬまで放っておけ」[*173]
三人の少女の手は魚の干物を縛るように、ロープで繋がれていた。[*174] 逃げ出さないように手を縛っておいたようだった。
彼女はオトウサンと男が話すのを聞いた。彼女は簡単な日本語は大体聞き取ることができた。オカアサンは少女たちに日本語を使わせた。日本語を話せるキスク姉さんやスンドクに、日本語ができない少女たちを教えさせたこともあった。彼女が最初に習った日本語は「いらっしゃいませ」だった。オカアサンは少女たちに、軍人がきたらそう挨拶するようにしつけた。[*175]
「そちらの子らは言うことを聞きますか?」
オトウサンが軍属のように見える男に尋ねた。

46　中国の民族衣装。

「開城(ケソン)[47]の子を三人連れてきたんだが、自分らだけで固まって使うのが大変だよ」

「いくらずつ渡して連れてきたんですか？」

「ひとりは二〇〇元、ひとりは一〇〇元、もうひとりは一五〇元」[*176]

満州の慰安所に連れてこられてから三年ほど経った頃、オカアサンが少女たちを集めて言った。

「お前たち、シンガポールに行きたくないか？」

「シンガポールですか？」

「シンガポールに行きたければ言いなさい。行かせてやるから」

少女たちがオカアサンの顔色を窺いながらざわめいた。

「シンガポールってどこにあるの？」

「南の方だったはずだよ」

「南の方なら暖かいだろうね」

スオク姉さんは黙っていたが、オカアサンがシンガポールに行けと言った。[*177]

翌日の朝、オカアサンはシンガポールに行くことになった少女たちに木綿の包みを一つずつ与えた。

オカアサンはクムボク姉さんもシンガポールに行かせた。彼女は自分より四歳上のクムボク姉さんを実の姉のように慕っていた。優しくて情に厚いクムボク姉さんは、慶州(キョンジュ)[48]の安康(アンガン)が故郷だった。家に食べるものが何もなく、母親に木の根でも掘ってこいと言われて妹と二人で山菜を採りに行ったところで、軍人に拉致された。途中で別れて生死の分からない妹と彼女がそっくりだといって、クムボク姉さんは彼女によくしてくれた。

クムボク姉さんが出発する時、彼女は自分の片腕がもぎ取られるようだった。クムボク姉さんは彼女に固く言い聞かせた。

「オカアサンの言うとおりにするんだよ[*178]」

その言葉がなんだか卑屈に聞こえて、彼女は聞こえないふりをした。

満州の慰安所で、淋病や梅毒のように少女たちを苦しめるものがもう一つあった。廊下を転げまわるほどひどい歯痛に襲われたヘグムが、指で地面に何かを書き始めた。爪の間に土がたまるほど強く。彼女は数字も読めなかったが、ヘグムは自分の名前ぐらいは書くことができた。[*179]

彼女は文字を知らなかったが、ヘグムが地面に書いたのが文字であることは分かった。

「何て文字？」

47　北朝鮮南部の都市。

48　慶州北道の都市。

彼女が尋ねた。

「地面」

ヘグムはそうして空を見上げた。地面が空の向こうにあるかのように。

夕暮れ時になると、少女たちは故郷の家に帰りたくて気が狂いそうだった。帰って洗濯物を干さなければならないのに、牛の飼料を煮込まなければならないのに、麦を搗かなければならないのに、火を熾さなければならないのに……。

台所の横の部屋に行くと、ヤンスンがすいとんを食べながら泣いていた。故郷の家に水一甕だけでも汲んでおきたくて。泉に水を汲みに行く途中で拉致され、連れてこられたヤンスンは、水を汲みに行けるのは自分しかいないと言った。五歳の時に母親が病気で他界し、祖母の手で育てられたという。十三歳になったばかりのヤンスンは、九歳の時から水を汲みに行った。

「何の病気なのかは知りません。長い間患って亡くなりました。母が頭に風呂敷包みを載せて、背中には私をおぶって何里も歩いていったのを覚えてます。櫛とかんざしと服の生地を売りに……母が亡くなってからは祖母が私を育ててくれたんですが、近所で祝い事があると手伝いに行って餅やジョン[49]をもらってきました。私に食べさせようとしたんです」

ヤンスンの話を聞いたヨンスンは、自分の代わりに木鉢を持ってあちこちの家を物乞いしに回る弟や妹を思い出して泣いた。

雲一つない空を見ると、彼女は青々とした麦畑が恋しくて頭がおかしくなりそうだった。

少女たちは毎日逃げ出したがったが、慰安所から逃げ出した少女はいなかった。逃げ出そうとして捕まった少女はいても。

産婦人科の検査を受けに行った帰り、少女のひとりが脱走した。

少女はオトウサンではなく、憲兵隊に捕まった。簡単服がびりびりに破れ、血だらけになった少女をオトウサンはずるずると引きずり、地面に叩きつけた。

「この女、二度と逃げられないように足を切ってしまいましょうよ」

オカアサンがオトウサンに言った。

オトウサンがポケットナイフを出して振り上げた。彼は逃げ出したらどうなるか、少女たちにはっきり認識させようと心を決めたようだった。しかし、少女たちの目はその少女に向かわなかった。少女たちは誰が一番遠くに合わせられるか賭けでもするように、目の焦点を最大限遠くに合わせた。

オトウサンは逃げた少女の足をナイフで切った。[*180]

◆◆◆

49　野菜や魚などに衣をつけて焼いた料理。

彼女はまだ履物が他人のもののようで、履くことができない。両足が踏みしめている床の端が崖っぷちのように不安定で、足の指に自然と力が入る。履きすぎて足首の部分がゆるくなった靴下がくるぶしの下までずり落ちている。彼女の手が、右足の靴下を引っ張り上げようとして足首を手探りする。

くるぶしのすぐ下に、輪ゴムを巻いたように一筋の線がある。刃物のような鋭いもので切られた傷跡だ。

傷をなでる彼女の口が開き、微かなため息を吐く。慰安所で足を切られた少女が自分自身だったことに気付いて。

オトウサンが振り回したナイフが足首に食い込んだ時、彼女は恐怖と苦痛に耐えられず気絶した。後で少女たちから聞いた話では、血をあまりにたくさん流したので皆は彼女が死んだと思ったという。

二十万人といっただろうか？　だから、十二歳も、果ては十一歳の子もいたのだろう……

彼女は、鶏でもないのにどうやって二十万人を連れて行ったのだろうかと思う。日帝時代[50]に自分のように慰安婦だった少女が二十万人に達するということをテレビのニュースで聞いて到底信じられず、満州の慰安所で一緒にいた少女たちをひとりひとり呼び出すように思い出しながら数字を数えてみたことがある。彼女が満州の慰安所にいた七年の間、そこに出入りした少女たちは五十人ほどだった。その少女の中には売られてきた少女もいた。

ハノク姉さんが慰安所を出たいというと、オカアサンが言った。

「それなら借金を返さないと」

「いくらあるんですか?」

「二千元[*181]」

少女たちは自分に借金があることを知らなかった。オカアサンが着るようにとくれた簡単服が、黒ごまを振りかけたようにコクゾウムシが浮いていた粥が、鉄球のようにかちかちに凍っていた麦飯のお握りが、褐色のちり紙が、月経帯が、湯たんぽが、豆炭が、オトウサンが工面してくれる阿片が、実はすべて借金だったということを。

彼女は自分の借金がどれくらいになるのか気になったが、聞けなかった。

オカアサンが少女たちに借金を負わせるやり方は、豚や牛のような家畜の出荷価格をつけるよりも簡単だった。相場も、はかりも、そろばんも必要なかった。オカアサンが少女にお前の借金はいくらだと言うと、それがそのまま負債になった[*182]。

彼女は自分のいた場所が慰安所だということを知らなかった。日本兵を受け入れる場所だということだけ知っていた。中国人村に行った時に見た三階建てのレンガ造りの家も、軍人を受け入れる

50　日本による植民地時代。

場所だということだけ知っていた。慰安所や慰安婦という言葉を、彼女は年をとってから知った。それまで彼女は自分がいた場所をただ売春宿[*183]のようなところだと思っていた。そこが慰安所だったことを、そして自分が慰安婦被害者だということを、誰も彼女に教えてくれなかった。

オカアサンは、軍人をお客さんとも呼んだ。

軍人がくると、少女たちにお客さんの相手をしろと言った。

満州の慰安所に到着する前まで、少女たちはそんな場所が世界に存在することを知らなかった。[*184]

少女たちのところにくる時、軍人が持ってくるものがあった。黄色く固い、花札の四分の一程度の大きさの紙、[*185]軍票だった。

軍人は軍票をオカアサンに金を払って買った。少女たちは軍人が金の代わりに置いていく軍票を集めてオカアサンに渡した。軍人が自分たちの体の代価として払う軍票を、少女たちは一枚も所有することができなかった。自分のものにできたとしても、軍票は少女たちにとって紙切れと同じだった。軍票は軍人が使う金のようなものだった。金のようなものだけど金ではないので、それでは服を買うことも、餅を買って食べることもできなかった。

軍票の枚数によって、オカアサンは前日に少女が軍人を何人受け入れたのかを知った。オカアサンは少女がそれぞれ受け入れた軍人の数を棒グラフにして壁に張り出した。[*186]軍票が一番少なかった少女には食事を与えず、便所掃除をさせた。軍票をたくさん持ってきた少女には最もよい服や缶詰などの食べ物を与えた。[*187] 軍票はオカアサンにとって金銭と同じだった。それをそのまま軍人からお金を受け取って売ったのだから。

ある時、将校が彼女に満州の紙幣を一枚与えて行った。彼女はその金もオカアサンに渡した。慰安所の少女たちにとっては金も軍票のように紙切れと同じだった。少女たちはお金というものを何も知らなかった。[*188]

軍人の中には、使用済みのサックを入れる筒の中に軍票を投げ入れて行く者もいた。おぞましい匂いを放つサックの中から軍票を取り出し、それについた分泌物を拭うのが嫌で、軍票を隠れて便所に捨てたこともあった。

オカアサンは前の日に自分が軍人に売った軍票の枚数と、翌日少女たちが持ってくる軍票の枚数が合わないと、少女たちを全員広場に呼び出して正座させた。こん棒を手に待っていたオトウサンが少女たちの太ももを打った。少女たちの太ももにはタイヤの跡のような黒い筋ができた。

軍票を持ってくる数が少ない少女に、オカアサンは露骨に不満を表した。彼女が便所に行った時に月があまりにも明るいので見上げていると、オカアサンが拳で彼女の頭を叩いた。

「何をろくでもないことを考えているんだ」

数日後、彼女が洗面所で頭を洗いながら独り言を呟くと、オカアサンが洗濯に使う棒[51]で彼女の背

51　当時の洗濯は、布を板で打って汚れを落とした後、棒で打って皺を伸ばす方法が一般的だった。

中を叩いた。

「誰の悪口を言ってるんだ」

彼女はオカアサンが軍人よりも怖かった。[*189]

彼女が軍人を受け入れられないほど卵管が腫れ、軍票を一枚も持って行けない日が四日以上も続くと、腹を立てたオカアサンが彼女に怒鳴った。

「お前、病気ばかりしてると他のところに送ってしまうぞ」

慰安所から逃げ出したいと思いながらも、彼女はその言葉が一番恐ろしかった。その言葉が、彼女には殺してやるという意味に聞こえた。

軍人から金を受け取ったことがないのに、「あいつらは金を稼いだ」と言う者がいると聞いた。[*190] 米にも、服にも、コムシンにも換えることができない軍票のことを、花代だったと言う者が。
慰安所で、彼女は一度たりとも彼女自身が望んで軍人を受け入れたことはなかった。金を稼ぐ目的で軍人を受け入れたことも。彼女が屍のように横たわっていると、軍人が勝手にやってくる。彼女の体に入ってくるやいなや放出する男、待っている間に出してしまう男、部屋の扉を突然開け、彼女の体の上にいる男を引きずり下ろして入ってくる男……ありとあらゆる男がいた。[*191]
軍人はチュニ姉さんが子どもを堕ろして、陰部が赤く腫れて寝ているところにも襲いかかった。[*192]

慰安婦だった少女たちの中に、金を受け取った少女もいたということを彼女は知っている。シンガポールの慰安所にいたという人は、金を受け取ったと聞いた。そこでは軍人が払う金の六割が慰安婦の取り分になった。その人は少しでも多く稼ぐために、体が許す限りたくさんの軍人を受け入れた。工場だと思って向かった広東の慰安所で三年を過ごした後だったので、もう捨てたも同然の体だと思って。日本が戦争資金に充てるために貯蓄を強要した時だったので、慰安所の主人から金を受け取ると郵便局にユキコという名前で貯金した。戦争が終わるころにはかなりの金額が貯まったが、戦争が終わると通帳は廃止になってしまった。もしかしたらと韓国に戻るときに通帳を持ってきたが、一銭も取り戻すことができないと知って破り捨ててしまった。*193

◆◆◆

二万人だと聞いた。二十万人が連れて行かれ、解放後に戻ってきた数はたった二万人に過ぎないと。

彼女は自分が二十万人の中のひとりだったという事実を知った時より、二万人の中のひとりだという事実を知ってさらに驚いた。二十万人の中の二万人なら、十分の一だった。つまり十人中ひとり……。彼女は自分が計算を間違えたのだと思った。いくらなんでも、生きて戻ってきたのが十人中ひとりだとは。

フナム姉さんは生きて戻っただろうか。
彼女より五歳も年上のフナム姉さんは、一日に五回も阿片を注射した。最後には軍人がきてもこなくても一日中泣きながら横になっているので、オトウサンはフナム姉さんを部屋から引きずり出した。フナム姉さんの髪を掴んで、むしろの切れ端を引きずるように引っ張りながら野原に出た。草の一本も生えていない野原にフナム姉さんを捨てるのを、少女たちは鉄条網越しに見守った。その日に限って曇り空に冷たい風が吹いた。満州に吹く風は馬の匂いがした。フナム姉さんが叫ぶ声を自分を呼ぶ声だと思って、炭のように黒い鳥が集まってきた。[194]
「見て、私たちは生きて帰れないんだ」[195]
チュニ姉さんがへたり込みながら嘆いた。
翌朝、少女たちが朝食を食べようと部屋を出た時、野原に捨てられたフナム姉さんは消えていた。馬賊の集団がきて少女を連れて行くのを見たと、オカアサンの娘が言った。
スンドクも阿片中毒になって顔が黒く焼けていった。オトウサンは助けてくれとすがりつくスンドクに、助けてやるといって阿片の注射を打った。[196]
彼女も耐え切れずに阿片の注射を受けた。[197] 阿片を打つと、陰部からどれだけ血が出ても痛くなかった。自分の体を軍人が何人通りすぎたのかも分からなかった。気分が良くなり生き返ったようになっても、阿片が切れると体中の骨が砕けるようにうずき、正気ではいられなかった。最初は一日に一本打ち、だんだん一本では効かなくなって二本打ち、軍人が蟻のようにたかる土日には五本打ち……。彼女はフナム姉さんが野原に捨てられるのを見て正気に返り、阿片をやめた。阿片を打ちたくなるたびに、煙草を吸ったり酒を飲んだりした。[*198]

◆ ◆ ◆

軍人らが集まる頃になると、ポクジャ姉さんが廊下に向かって叫んだ。
「南から軍人がたくさんくるよ」[*199]
その声が、彼女には殺してやるという言葉より恐ろしかった。

オトウサンはミオク姉さんが妊娠していることを知らずに連れてきたが、手術をするにはお腹の子が大きくなりすぎていたので、身重の体で軍人を受け入れさせた。お腹の中の赤ちゃんはもう死んでいるだろうとのミオク姉さんの言葉に反して、彼女のお腹は日毎に膨らんできた。

「ミオク姉さん、本当に赤ちゃんを産むのかな?」

クンジャがサックを洗いながら彼女に聞いた。クンジャはミオク姉さんと一緒にやってきた。同い年だったので、彼女はクンジャとすぐに親しくなった。

彼女の顔には蒙古斑のようなあざがあった。軍人のゲートルが落ちていたのを拾って月経帯に使い、軍人に殴られたからだった。縁起でもないと。[*200]

オカアサンがくれるものはいつも足りなかった。少女たちは歯磨き粉が切れると、塩で歯を磨いた。

「産んだとしてもまともな赤ちゃんは生まれないよ」

ハノク姉さんが言った。

満州の慰安所にくる前、ミオク姉さんは黒竜江省というところにいたと言った。豚小屋のような部屋に閉じ込められて軍人を受け入れた。牛や豚のように、部屋の外から差し出されるきび飯を食べて暮らした。便所に行きたくなると、外で歩哨に立つ軍人に缶を持ってきてくれと叫んでそこに用を足した。*201 そこでは、大小便を我慢するのが軍人を受け入れるのと同じくらい辛かったそうだ。ポクジャ姉さんが足を引きずりながら、サックが入った缶を手に洗面所に歩いてきた。ポクジャ姉さんは酒に酔った軍人が振るったナイフで太ももを切られ、足をひきずっていた。

◆◆◆

ヘグムが朝食を食べながら、夢に父親が現れたと言った。

夢で父親が尋ねた。

「ヘグム、お前この寒いのに何をしてるんだ?」

「お母さんは?」

「婆さんが死にそうで実家に帰ってるよ」

喘息を患っていた父親が亡くなったのに違いないと、ヘグムは泣いた。*202

◆◆◆

プンソンは自分のところによくきていた野戦郵便局の局長に頼んで、故郷に電報を打った。彼の故郷は東京で、早稲田大学を出たと言った。軍隊を除隊して郵便局に就職したが、野戦郵便局に配属されて満州まできた。彼はプンソンの実家に電報を打ってくれた。[*203]

ワタシハキヌヲリモノコウヂヤウニキテヰマス　オカネヲカセイデカヘルマデオゲンキデ　ヘンシンムヨウ[*204]

しばらくして、プンソンは故郷からの電報を二通受け取った。郵便局の局長がその電報を持ってきてくれた。二通の電報はひと月程度の時間差を経て到着した。

ハハキトク[*205]

ハハシス[*206]

6

彼女は両足を前に揃え、両手を太ももの上で握る。
彼女の両目は空中の一点を穴の空くほど凝視している。
生きている限り、ひとりが生きている限り……。[*207]
呟く声はあまりに小さく、彼女自身にさえも聞こえなかった。

そうやって微動だにせず座っていた彼女は、塀の上にぬっと突き出した顔にひどく驚いた。

平澤の甥かと思ったが、電気検針員だ。

塀の上に首を伸ばして電気計量器を確認している検針員が、四角くて黒い何かを顔に当てた。電気検針員の顔がすっと彼女の方を向く。その瞬間、彼女は四角く黒い何かが双眼鏡であることに気付いてぎょっとする。

「よく見えますよ」

電気検針員の口が、歯茎が見えるほど大きく開いた。

「……?」

「おばあさんの顔が目の前にあるようによく見えます。若い頃は美人だとよく言われたでしょう。

村の若者らがおばあさんの顔を一目見ようと門の前に列を作ったんじゃないですか」

電気検針員のぶしつけな冗談が気に障り、彼女は手を振った。……列に並んだ。部屋ごとに日本兵が列を作った。ひとりが出るとまたひとりが入って。*208

「古いから捨てようとしたのをもしかしたらと思って持ってきたんですが、なかなか使えますね。家にいても不在のふりをして、いくら呼んでも返事もしない人がいるんです。門を開けてもらわないと電気検針ができないでしょう。余程のことがないと双眼鏡まで持ち歩きませんよ」

「……」

「門という門に全部鍵をかけて、一体何をしてるんだか」

電気検針員のその言葉が自身に向けられているような気がして、彼女はきまりが悪かった。三、四ヶ月前、居間で横になっていると通りから誰かが必死に呼ぶ声が聞こえた。彼女はぼんやりとした頭でテレビから流れてくる声かと考えた。電気検針員が自分を呼ぶ声だということに気付いたが、金縛りにあったように動くことができず、ただ天井を見つめて横たわっていた。電気検針員が門を強く揺らし、行ってしまった後も彼女はそのまましばらく横になっていた。

「確かに人が住んでいるはずの家なのに、誰も住んでいないように感じる家があるんです。そんな家は男の僕でも入るのが怖いんですよ」

彼女は電気検針員の言葉の意味が分かるような気がする。十五番地には人が住んでいるのかどうか分からない家がある。彼女は空き家の前を通る時より、そんな家の前を通る時の方が緊張する。

「先月より電気を二倍も使ってますね？」

「電気を？」

電気料金や水道料金のような光熱費は、平澤の甥の通帳から自動で引き落とされる。電気を二倍使えば、電気料金も倍になるだろう。甥はおかしいと思うはずだ。それに彼女は他の月より特に電気を多く使わなかった。もしかしたら慰安婦がまたひとり亡くなったというニュースがあるかと思い、テレビを前より少し多く見る程度だ。以前から彼女は朝夕テレビをつけて過ごした。彼女が使う家電製品といってもたかが知れている。テレビ、炊飯器、冷蔵庫、小型洗濯機。八月中旬だが、扇風機は使っていなかった。

「そんなはずはないけれど……」

「まったくおばあさんときたら、電気計量器が嘘をつくとでも？」

「あの……二十万人のうちの二万人だったら……十分の一で合ってますかね？」

「二十万人のうちの二万人ですか？」

「二十万人のうちの二万人なら……」

「二十万人は何のことで、二万人は何なんですか？」

電気検針員が答えずにそう聞き返し、彼女は戸惑う。どう説明すればよいか分からず、口を閉ざしてしまう。

「二万人を選ぶのに二十万人が集まりでもしたんですか？　二十万人なら、ちょっとした中小都市の人口ぐらいの数字だけど……」

彼女は無駄なことを聞いてしまったと思って口をつぐんだ。

「どうしてそんなに拳を握ってるんですか?」

「カワニナが逃げてしまうかもしれないから……」

思ってもみない言葉が飛び出して、彼女は語尾を濁した。

「カワニナ?」

電気検針員から不遜な笑いが瞬時に消え、彼女をじろじろと眺める。

「なんでもないんです……」

「カワニナと言いませんでしたか?」

「いいえ……」

「ちょっと、おばあさん。息子さんや娘さんと相談して、一度認知症の検査を受けてみてくださ
い。気を悪くしないでくださいね。義母がボケてしまって、認知症についてはちょっと詳しいんで
す。認知症は早期発見以外にこれといった方法がないんですよ」

彼女が返事をしないでいると、電気検針員はばつが悪そうにしながら行ってしまった。

彼女は電気検針員の足音が通りの向こうに消えるまで待ち、ゆっくりと左手を開く。隠された絵
を探すような気持ちで手のひらを見下ろす。

高い山の奥地にある軍部隊に出張に行った時だった。夜になると、軍人がテントの外で薪を燃やすために火を熾せと少女たちを呼んだ。少女たちは燃えさかる火を真ん中に、円を作って座った。青ざめた少女たちの顔が明るく照らされた。軍人のひとりが少女たちに高粱酒が入った水筒を回した。水筒が二周した時、ヒャンスクが歌を歌い始めた。ヒャンスクは台湾の慰安所にいた時に特攻隊が教えてくれたという歌をしばしば歌っていた。

「艦攻離陸よ　新竹離れ　金波銀波の雲乗り越えて　連れだって見送る人さえなけりゃ　泣いてくれるは　ユリコひとり」[*209]

ユリコはヒャンスクの日本名だった。

少女たちが話しながら声を上げて笑うと、日本兵らもつられて笑った。

彼女はなかなか楽しめなかった。むっつりと少女たちと軍人を見つめていた彼女は、死んだ少女を見た。自分の血と阿片を飲んで死んだキスク姉さんが、軍人の間で笑っていた。

キスク姉さんに向かって笑いかけようと必死になっていると、軍人が彼女の肩をつついた。彼女が顔を向けると、軍人が水筒を差し出した。水筒を受け取りながら彼女はつぶやいた。

「汚らわしい」[*210]

軍人は、顔をしかめると彼女の頬をひっぱたいた。その勢いで彼女の手の水筒が地面に落ちた。日本兵は朝鮮語を聞き取れないくせに、悪口はよく聞き分けた。

◆　◆　◆

彼女の口がけいれんした。名前が思い出せそうで思い出せない。嘆息に近いうめき声だけが間欠的に漏れる。その少女もある日黙っていなくなった。彼女は少女たちがサックを洗いながら、その少女が妊娠六ヶ月頃だとささやき合う声を聞いた。[*211]

背が低く、歯ブラシの毛のようにまばらな口ひげを生やした将校だった。陰部がひどく腫れた彼女が痛がると、将校は自分の性器を彼女の口に入れた。驚いた彼女はつい、歯型がつくほど強く性器を噛んだ。将校はだみ声で罵声を吐き、彼女を壁に押しやった。部屋の戸を壊れそうなほどの勢いで開け、オトウサンを呼んだ。オトウサンが走ってきて彼女を庭に引きずり出した。気絶するまで彼女を角材で殴った。

気がついた時、彼女の左腕は恐ろしく腫れ上がっていた。左のひじから肩の間の骨が折れていた。

「死んで二日後に生き返ったんだ」

ハノク姉さんが彼女に教えてくれた。

「みんなあんたが死んだと思ったよ。死ななくて本当によかった」[*212]

ミオク姉さんが胸を撫でおろした。オカアサンは折れた骨がくっつきもしないうちから彼女に軍人を取らせた。[*213]

◆
◆
◆

暑くなり始めると、陰部が腫れ膿が出て苦しむ少女が増えた。歩くのも辛いほど陰部が腫れた少女たちは、そっと這って廊下を移動した。便所まで行くのも辛い時には、部屋に缶を置いて用を足した。ヤンスンは梅毒が悪化し、へそまで赤黒く腐りかけていた。

軍人をこれ以上受け入れられないほど腹が膨れてくると、ミオク姉さんは便所に行くたびに泣いた。赤ちゃんはもう死んでいるだろうと言いながらも、小便をする時に赤ちゃんが出てきて便所に落ちてしまわないかと恐れたからだった。慰安所の便所は底が見えないほど深かった。ミオク姉さんが軍人を受け入れられなくなると、オカアサンは台所仕事をさせた。ほかの少女たちが軍人を受け入れている時、ミオク姉さんは台所の床に小麦粉の布袋を敷き、その上で赤ちゃんを産んだ。[*214] 赤ちゃんを産んだ後十日もたたずに、ミオク姉さんは軍人を受け入れた。ミオク姉さんが軍人を受け入れる間、梅毒にかかって軍人を取れない少女たちが赤ちゃんの面倒を見た。赤ちゃんの首が座る頃になると、オカアサンは木綿布に包んで中国人村に連れて行った。しばらくして少女たちの間では、オカアサンが無免許の中国人歯医者から金を受け取って赤ちゃんを売ったという噂が広まった。

チュニ姉さんは発狂し、自分の部屋で眠っている下士官の軍服を着て廊下を歩きまわった。[*215] オカアサンはチュニ姉さんにそのまま軍人を受け入れさせた。

「あいつ、顔を洗わせろ」

チュニ姉さんの顔には落花生の殻ほどの厚さの垢がべっとりとついていた。彼女はチュニ姉さんの手を取って洗面所に行った。ホースの前にチュニ姉さんを座らせて水栓をひねった。

「母さんはどこ？　起きたら母さんがいない……」

垢混じりの水がチュニ姉さんの開いた口に流れ込んだ。

「お母さんは畑に行ったよ」

「畑に？」

「ジャガイモを取りに……」

チュニ姉さんが、真剣な表情で彼女を見た。

「母さん、どこ行ってたの？」

チュニ姉さんが両手で彼女の腕を掴んですがりついた。

「どこにも行かないよ」

彼女は言った。

「母さん、私を置いてどこにも行かないで」

「行かないよ。どこにも行かない」

朝食を食べて庭に出ると、オトウサンが拳でチュニ姉さんの頭を殴っていた。

「部屋におとなしく籠っていればいいものを、どうして外をほっつき歩いたんだ？」

オトウサンは、さらに強くチュニ姉さんの頭を殴り続けた。

正午ごろに訪れてきた将校が、彼女に名前を尋ねた。軍人を三十人以上受け入れ、目を開けるのがやっとの彼女に将校が言った。

「俺が名前を付けてやろう。お前の名前はタケコだ」

そうして彼女はもう一つ名前を持つことになった。


故郷に戻るのは無理だとしても、彼女は実家の住所を覚えている少女が一番羨ましかった。クンジャは彼女に自分の家の住所を教えてくれた。

「慶尚北道漆谷郡、枝川面……鎌みたいに曲がった小道を歩いていくとうちの家がある……。覚えておいて、私が忘れたら教えて」

それで彼女はクンジャの家の住所を必死で覚えた。彼女は一度も行ったことがないクンジャの実家がありありと目に浮かんだ。彼女の実家も小道の突き当たりにあった。

十三歳だった彼女は、いつしか二十歳になっていた。七年の間に彼女の背は、指の関節二つ分しか伸びなかった。七年前に一緒に満州の慰安所にきた少女のうち、まだそこにいる少女は彼女とエスンの二人だけだった。プンソンもある日オトウサンに連れられてそこを去った。いつまでも忘れないでいようと、糸と針と絵の具で左の手首に刺青を入れたヨンスンとヘグムも離れ離れになった。

七年前に北へ、北へと走った列車に乗っていた少女たちのうち最も幼かった彼女は、慰安所の少女たちの中でもかなり年上になった。

オトウサンはまた二人の少女を連れてきた。そのうちひとりは十三歳だった。十三歳の少女は、七年前に大邱駅で列車に乗った彼女の幻影も一緒に連れてきた。黒い木綿のチョゴリに、カンドンと薄いパジを着て、無垢な表情を浮かべていた彼女の。

「こんなに幼い子がどうしてこんなところまできたのかな？」

ヤンスンが少女に言った。十六歳になったヤンスンの手には燃えかけの煙草があった。

「きたものは仕方ないだろう。運命だと思って生きるしか……」

ヤンスンは煙草を口に持っていった。煙草の煙がヤンスンの顔を隠しながら空中に広がった。

オカアサンは少女たちに日本の名前を付けた。

「今日からお前の名前はサダコだ」

オカアサンは、サダコがハノク姉さんの名前だということを忘れていた。六〇六号注射を打たれてぐったりしていたハノク姉さんが、げっぷをしようとしてひきつけを起こしたように震えた。

◆
◆
◆

一九四五年の夏だった。オカアサンがずるずると足取り重く歩いた。オカアサンの娘たちもつられて足を引きずって歩いた。日本が負けているという噂が少女たちの間を巡った。少女たちは不安で仕方なかった。少女たちは日本が戦争に負ければ全員死ぬと思っていた。[*216]

便所に行く彼女を見て、オトウサンが歯ぎしりしながら言った。

「この女、殺してしまおうか」[*217]

軍人たちは次第に荒々しく、乱暴になった上に獣臭い匂いがした。酒に酔って暴力沙汰を起こしたりもした。

朝食を食べてしばらく経っても、軍人がひとりもこなかった。少女たちは喜びつつも、戦闘があったという話を聞かなかったので不安だった。オカアサンのラジオも、壊れたように静かだった。オトウサンは朝食を食べるやいなや貨物トラックに乗って出かけた。少女たちはオトウサンがまた少女を迎えに行ったのだと考えた。一時は三十九人まで増えた少女は、その頃には三十二人に減っていた。

太陽が真上に上っても軍人らはこなかった。彼女とヒャンスクは向かい合って股を開いて座り、互いの陰部についた毛じらみを取っていた。

ヒャンスクは昨晩将校に叩かれた両頬が、飴玉を含んだように腫れていた。軍人を二十人以上受け入れたヒャンスクが海鼠のようにぐったりとしていると、将校は自分を歓迎しないといって彼女を座らせ、手で頬をひっぱたいたのだといった。[*218]

ヒャンスクは、軍用列車に乗っている時に輪姦された話を彼女たちに聞かせた。

平壌駅を過ぎて二、三日走り続けた軍用列車が突然止まった。軍人と軍需品を運んでいた軍用列車の貨物車には三十人ほどの少女たちが乗っていた。逃げ場のない少女たちを、ひとりの軍人が見張っていた。貨物車は四方が囲まれており、昼夜を問わず真っ暗だった。拡声器から流れるような声が聞こえたが、少女たちには何を言っているのか聞き取れなかった。貨物車のドアが開くと、軍人らが現れた。軍人らは銃口を立てて両側につき、少女たちを列車から降ろした。戸惑った表情で互いの顔を窺っていた少女たちは、しゃがんでいた体を起こした。百人を超える軍人が待っていて、少女たちを野原のあちこちに連れて行った。麦の若芽のように生えてきた草の上に黒いユットンチマが舞った。[*219]

「お天道様が見ているのに、どうしてそんなまねができるんだろう」彼女が尋ねた。

どういう風の吹き回しか、オカアサンが麦飯を釜いっぱいに炊いて握り飯を作った。いつもなら少女たちに一つずつしか回ってこなかった握り飯が、二つずつ回ってきた。

「お前たち、生きるか死ぬかも分からないからたくさん食べなさい[*220]」

「私たちがどうして生きるか死ぬかわからないんですか？」ヤンスンが聞いた。

「日本がアメリカに負けたんだ。日本が負ければ私たちも死に、お前たちも死ぬのだ[*221]」

その日の夜、ある下士官がガラス瓶を割って慰安所の庭に逆さに刺し、そこに頭を突っ込んだ。[*222]

7

少し前まで縁側に座っていた彼女はどこかに行ってしまい、彼女が脱いだ履物だけが揃えられている。履物の左足と右足は一時も離れたくないかのように互いにぴたりとくっついている。

彼女は居間の片隅にうずくまっている。新聞の切り抜きが数枚彼女の前に置かれている。彼女はそのうち一枚を選んで自分の前に引き寄せる。

黄色く色褪せた新聞紙の片隅には、強靭な印象の女性の顔が証明写真より少し大きく、白黒で印刷されている。

彼女の両目の焦点が女性の顔に合う。金學順（キム・ハクスン）[52]、あの女性だ。十数年前にテレビの中で泣いていた女性。

金學順……その女性がある日の夜テレビに出て泣いていた。夕食を食べていた彼女も、ご飯を口に含んだまま泣いた。その女性が泣くのを見ると、つられて涙が出た。[*223]

彼女はその日付が忘れられない。一九九一年八月十四日だった。いつものようにひとりでテレビを見ていて、自分と同じことをされた人[*224]が生きていることを知り、どれだけ驚いたか分からない。

生き証人がいるのに、そんなことはなかったと言うから、涙が出て呆れ果てて、目の前が真っ暗になって……。[225]

金學順というその女性は、自分がされたことを世界に広めることを決心したと言った。新聞記事のあちこちに赤いペンで下線が引かれている。彼女は新聞の破片をつまみ上げ、赤いペンで線を引いた部分を声に出して読み上げ始めた。文章を一度に読めず、凍った明太を切り身にするように切れ切れに読む。

ただ自分ひとりだから

阻むものもなく

その苦難の人生の中で

神様が今日まで生かしておいたのは

52 一九二四年、中国吉林省生まれ。一九九一年に記者会見を行い、慰安婦被害者として初めて名乗り出た。同年、他の慰安婦とともに日本政府を相手取り賠償を求める裁判を起こしたが、一審判決を聞くことなく九七年に逝去。裁判は二〇〇四年、最高裁で原告敗訴が確定した。

このために生かしておいたのだ。

死んでしまえばそれまでの私のような女の悲惨な人生に何の関心があろうか……

なぜ私は皆と同じように堂々と世界を生きられなかったのか。

私は被害者です。[*226]

その女性に続いて、慰安婦だった女性たちがひとりずつ告白し始めた。私も被害者です、私も被害者です、私も被害者です、私も被害者です、私も被害者です……。

ある時、国が慰安婦被害者の届け出を受け付けているとの噂が彼女のもとに届いた。慰安婦だったことを証明する写真や品物を持って洞事務所や区庁、道庁に行って申請すれば、慰安婦被害者として登録されるそうだ。登録されれば政府から生活補助金が出るのだと。

彼女はＢ５サイズの新聞の切り抜きを手に取り、声に出して読み始めた。切り抜きの片隅には、老いた女性の白黒写真が掲載されている。

「生活がとても苦しかった。それで申請したんだ。一九九三年にこの足で道庁に行って申請した。政府から補助金がもらえるということを聞いて。道庁では人が出てきていろいろ聞かれた。慰安所に本当にいたのか確認しようと。言いたくない話をしようとするから苛々して頭が痛くなった。人を捕まえて何時間も取り調べみたいに質問するんだから。

軍人を一日に何人取ったか？　軍人が入ってきてズボンはどうやって下ろしたか？　梅毒にはかからなかったか？

したくない話をしようとするから、まったく頭がおかしくなりそうだった。取り調べだって、あんな取り調べはないだろう。私が慰安所に行っていないのに行ってきたと嘘をついていると思ってるんだ。政府の補助金をもらおうと。

病院の治療費を払ってくれる子どもがいれば、申請しなかったよ。

これまで隠して生きてきたのに、死ぬ間際になって何のために自分の口から話すというのか。不幸な自分の運命のせいにしてきたけど、国に腹が立つ。私に何の過ちがあると？　貧乏な家に生まれて、金を稼がせてやるという言葉を信じてついていったのが、罪といえば罪だろう。

慰安所から逃げ出す時に梅毒菌を持ってきたんだ。それを治すのにどれだけ苦労したことか。

嫁に行った知り合いは、旦那に梅毒を移したせいで慰安婦だったことがばれて追い出されたよ。しばらく経って息子を産んだけれど、その息子は元気に暮らしていたのに四十にもならずに精神病になった。すると精神病院が母親を連れてこいと言ったそうだ。それで行くと、医者が母親だけ残って他の家族は出ていくように言い、梅毒にかかったことはあるかと聞いたのだと。何も言えずに涙ばかり流して出てきたというじゃないか。梅毒はそれほど恐ろしいものだよ。あの子もかわいそうに。心ならずも息子の人生まで台無しにしたようなものじゃないか。息子は精神病院から退院はしたが、時々発作を起こすらしい。医者が話したわけがないのに、息子は母親を殺すと暴れるそうだ。汚れた女から産まれたから自分がこうなったと。[*227]

その時どんな気持ちだっただろうか？……毎日頭痛薬を一錠飲むけれど、その日は二錠飲んだよ。申請したらもっと寂しくなった。過去が知られれば姪っ子が嫁に行けなくなるから静かに暮らしてくれと、一番の上の姉にあれほど止められたのに振り切って申請したら、姉も姪もそれから連絡がなくなったよ。[*228]

九四年の正月から補助金をもらったんだ[*229]」

彼女は、みんなはどうしてそんなにひた隠しにして生きてきたのかと思う。自分自身が七十年以上もひとり黙って生きてきたのに。

初めてテレビに出て自分が慰安婦だったと告白した金學順、あの女性も五十年経ってから告白した。

彼女も後について告白したかった。私も被害者です、と。そのたびに彼女はガーゼのハンカチで自らの口を塞いだ。

「私も被害者だ……私も満州のハルビンまで連れて行かれてその仕打ちを受けた……十三歳で連れて行かれてその仕打ちを……子どもの時に連れて行かれて……」

姉や妹に会うたびにその言葉が喉元までせり上がったが、ぐっと我慢した。

政府に登録された慰安婦が二百三十八人だと聞いたのが昨日のことのようなのに、どうしてひとりしか残っていないのだろうと思う。首を振る彼女の耳に、時計の秒針の音が聞こえる。彼女は壁にぽつりとかかった時計を見やった。枠が丸く黒い掛け時計だ。

時間がない……。

鳥が木の枝に飛んできて再び飛び立つまでの時間。永遠のようにも思われるひとりの人間の生涯は、せいぜいその程度ではないかと思う。

◆　◆　◆

いつの間にか彼女の前には新聞の切り抜きの代わりに白紙が一枚置かれている。彼女の右手には黒の水性サインペンが握られている。

彼女はこれまで日記も、手紙も書いたことがない。満州の慰安所にいる時に彼女は故郷の家に手紙が書きたくて仕方なかった。しかし家の住所を知らない上に、自分の名前の書き方すら知らなかった。慰安所の少女たちはほとんどが彼女のように文字を読むことも、書くこともできなかった。故郷の家に手紙を書けないことを、彼女は心から幸いに思った。手紙に何と書くかは明らかだから。


お父さん、お母さん、私は満州にきています。

ここには朝から軍人が列を作ってやってきます。

私はもうすぐ死ぬでしょう。[*230]

文盲だった彼女は、大学の総長の家に家政婦として入り、二週間で追い出されたこともあった。女主人が紙切れを渡し、ここに書いてある通りに買い物をしてこいと言った。彼女が困っていると、女主人は彼女が文盲であることに気付き、翌日すぐに彼女を追い出した。

五十歳を過ぎて、彼女はようやく文字を習得した。小学校の前にある文房具店でハングルの教材を買い、一文字ずつ勉強した。彼女が自分の名前を書けるまで三ヶ月かかった。何万回書いても、自分の名前を書く段になると手が震えて尻込みした。

彼女は何とか読むことはできたが、書くのはどうにも自信がない。

わたし

彼女はやっとそう書いて、サインペンを置く。

わたし？

彼女は自分がどんな人間なのか分からない。優しいのか意地悪なのか、明るいのか暗いのか、強情なのか優柔不断なのか。のんびりしているのかせっかちなのか。自分の感情も分からない。悲しいのか、嬉しいのか、幸福なのか、腹を立てているのか。家政婦として働いていた家の主人は一様に彼女が無口でおとなしい人だと言ったが、妹たちは彼女が不愛想で意地っ張りだと不平を言った。妹たちはおしゃべりだったから、自分も生まれつき無口な方ではなかったのかもしれないという考えも浮かぶ。

自分自身について考えようとするたびに、一番最初に込みあげる感情は羞恥心だった。自分について考えることは彼女にとって辱めであり、苦痛だった。

考えないでいたら、そして話さないでいたら、彼女は自分がどんな人なのか忘れてしまった。

自分自身が誰なのか分からず、途方に暮れていた彼女の指に再び力がこもる。

わたしもひがいしゃです。

それから何と書けばいいだろう？　呆然としていた彼女は、自分が何も忘れていなかったこと[*231]を痛切に悟る。

一時間前に何をしたかは思い出せないが、七十年以上前のことは思い出せる。慰安所の部屋の天井からぶら下がる裸電球がチカチカと点滅したことまで。

信憑性がないと、辻褄が合わないと非難する者がいると聞いた。慰安所にいたことを広めて回る人に向かって。いくつの時に連れて行かれたのか、誰に連れて行かれたのか、どこに連れて行かれたのか、はっきり示せないから。故郷の地名すらまともに知らない上に、学校に通えず自分の名前も書けなかった少女たちがほとんどだったということは考えもせず、数十年の時が流れて記憶がバラバラになり、入れ替わってしまったということも知らずに。

彼女は満州の慰安所の名前は知らないが、自分の血と阿片を飲んで死んだキスク姉さんの歯がざくろの実のように光っていたことははっきりと思い出せる。サックにからまった分泌物から酸っぱくて生臭い匂いがしたことも、黒ごまを振ったように握り飯に散らばっていたコクゾウムシの数までも。

時には何も思い出せず、寒かったことだけ、あまりにも寒かったことだけ思い出す。[*232]

全てを始めから終わりまで覚えていれば、今日まで生きられなかっただろう。[*233]

満州の慰安所での出来事は、彼女の頭の中に氷の欠片のように散らばっている。その氷の欠片の一つひとつはとても冷たく、鮮明だ。

どうして簡単に話せるだろう？　五十年、六十年、七十年以上も隠していた話を。

死んで墓の中に眠っている母親にも言えないほどのことだった。彼女は亡くなった母親にでも打ち明けないと生きた気がしないと墓を訪ねたが、何も言えずに雑草だけ抜いて帰ってきた。

彼女は満州の慰安所でのことは何も覚えていたくないと思いつつも、痴呆になって何も思い出せなくなったらどうしようと考える。

わたしもひがいしゃです。

白紙に書かれた文章を声に出して読んだ彼女は、全てを話したい衝動に襲われる。

話して、

そして死にたい。[*234]

8

居間の窓辺に座って通りをぼんやりと見下ろす彼女は、顔に紙のお面をつけている。

死んでしまえばそれまでの私のような女の悲惨な一生に、何の関心があろうか……。呟きは、紙のお面と彼女の顔の間でこだまのように響いて消える。

紙のお面の目の穴と彼女の瞳はずれていて何も見えないのに、彼女は十五番地の隅々まで見渡せる。

二番目の妹が病院で抗がん治療を受けている時だった。子どもを五人ももうけたが、誰もが生活に追われて余裕がなく、彼女が数日泊まりこみで看病した。

夫も子どももなく、ひとり暮らしの彼女が哀れだったのか、妹は彼女に尋ねた。

姉さんは何が一番欲しい？

彼女が何も言わないと、妹は自分が一番欲しいものを話した。

私は金の指輪が欲しいわ。それ以上でも以下でもなく、ちょうど純金二匁の……一匁ははめた気がしないし、三匁は重いから……。

妹が眠った後になって、彼女は自分が一番欲しいものを言った。

母さんが、母さんが一番欲しい。[*235]

下士官が頭を突っ込んで死んだガラス瓶の欠片は、まだ庭に刺さっていた。固まった血がこびりつき、まるで錆びた王冠のようだった。

少女たちの間には、ソ連の軍人が押し寄せてくるという噂が広まった。オトウサンが自分たちを全員殺してしまうという噂も。皆を連れてはいけないから。

ポクジャ姉さんが言った。

◆

◆

◆

「こっちで死のうがあっちで死のうが同じだから、逃げよう」[*236]

満州の慰安所から逃げる時、彼女は四人の少女と一緒だった。ポクジャ姉さん、クンジャ、エスン、名前が思い出せない南海(ナメ)[53]出身の子と……。皆も一緒に逃げたがったが、その子たちは陰部が腫れて歩くのもやっとだった。ヒャンスクが泣きながら早く行けと手振りで伝えた。[*237]

虱だらけの頭を黒い綿布で縛り、ポクジャ姉さんが走り出した。彼女も焦って左右ばらばらの地下足袋を拾って履き、後をついて走った。[*238]

南海の子は慰安所の鉄条網から出るやいなやオトウサンが撃った拳銃の弾を受けて倒れた。つん

53　韓国南部の慶尚南道南海郡。

のめるその子を置いて、少女たちは必死で走った。
慰安所から逃げ出して最初に隠れたのは、一面に広がった野生のキビ畑だった。高さが二メートルにもなる野生のキビがいつまでも揺れていた。絶対に泣かなかったポクジャ姉さんが、しゃがみこんで泣きだした。野生のキビ畑で少女たちは陶器の甕を見た。醤油甕ほどの大きさの甕があちこちにあるのを見て、もしかしたら食べ物があるかと近くに行って覗いてみた彼女は、鼻がもげそうなほどの悪臭に仰向けに倒れ込んだ。中国人が屍を陶器の甕に入れてキビ畑に置いておいたのだった。流れ込んだ雨水で死体が腐り、ひどい匂いを放っていた。[*239]
彼女は一緒に逃げた少女たちと、キビ畑で一夜を過ごした。一晩中揺れるキビの葉の間から、切れぎれの月光が刺すように降り注いだ。

いつの間にか少女たちは離れ離れになった。[*240]

慰安所を逃げ出してから五日も経たずにひとりになった彼女は、中国人の家に入り込んだ。家らしきものは四方を見渡してもその家だけだった。
崩れた土塀にずらりと干された服が全部男物でおかしいと思ったら、男やもめがひとりで住んでいる家だった。その男は自分と一緒に暮らさなければ日本兵に告げ口すると言い、そうすれば死んでしまうから、しかたなくその家に住み着いた。[*241]日本が戦争に負けたこともすっかり忘れて。

中国人のその男は、彼女が慰安所から逃げてきた朝鮮人の少女だということを目ざとく見抜いた。慰安所が何をする場所かも。

台所の床にお膳を置いて食事をしていると鼠が足元を走り回る土の家で、彼女は歯が数本しかない男と九ヶ月一緒に暮らした。醸造場で働いていた男は、彼女が出ていくのではないかと気を揉んだ。夜寝ていて目が覚めると、座って自分を見守っている男を見て身震いするほど驚いたことも一度や二度ではなかった。窓から差し込む月の光を受け、やせ衰えた男の体には肋骨が浮き出して洗濯板のように見えた。

ある日、仕事に出た男がサツマイモの茎とカタツムリを一袋かついで帰ってきた。それを一気に釜に入れて蒸した。じっくりふかしたサツマイモの茎をかきわけ、探し出したカタツムリを彼女に差し出した。

男の手ほど汚く、醜い手に彼女は生きてきて初めて出会った。子猫を玉ねぎの網に乱暴に放り込んだ老人の手も、男の手ほど醜くはなかった。

汚く醜いけれど、人間らしい手。

洋服のリフォーム店の犬が自分の手を舐めた時、彼女は男の手を思い出した。犬が舐める手が自分の手ではなく、男の手だったらと思った。

彼女は嘘をついた。絶対に逃げないと、あなたは優しいから一緒に住みたいと男を安心させて、逃げ出した。

たんすの中には、男に渡そうと準備した肌着が入っている。男が今も生きているはずはないと知っていても。

彼女は夢の中でもいいから男に会いたい。会って必ず言いたいことがある。

あなたは優しくて、私を娘のように扱ってくれたから、あなたと暮らそうかと思ったけれど、母にどうしても会いたかったんです……母の顔だけでも見てから死にたかったんです……ごめんなさい……。

◆◆◆

男の家から逃げ出してあてもなく歩いていた彼女は、ジャガイモ畑で何人もの人がひとりをツルハシで刺して殺すのを見た。

人々は地面を掘っていたツルハシでその人の背中を突き刺した。薪を割っていた斧で首を、手を、足首をバラバラにした。草を刈っていた鉈で人間の心臓を突き刺した。

斧で人の首が切り落とされた時、落ちた目玉が地面をごろごろと転がった。*242

彼女は炭のように真っ黒な豚が、死んだ女の焼けて黒くなった顔を食いちぎるのも見た。

そこら中にいた日本兵が消えると、ソ連の軍人が現れた。ソ連の軍人は少女たちを見るとどんな畑にも分け入った。トウモロコシ畑でも、キビ畑でも、豆畑でも、ジャガイモ畑でも。なんとか耐えた少女たちは、ソ連の軍人が去った後に畑から出たが、出られなかった少女もいた。

彼女は死んだ男の子の服を盗んで着た。ソ連の軍人に捕まって畑から引きずり出されないように。[*243]死んだ男の子はあまりにきれいで、生きて眠っているようだった。すぐにでもお尻をはたいて起き上がり、トコトコ歩き出しそうだった。彼女は男の子の服ではなく、魂を盗むような気分だった。

口をゆがませて死んでいる少女の服も盗んだ。死んだ少女から盗んだ白い木綿のチョゴリを、彼女は着ずにぐるぐる巻きにしてポジャギのように抱えて歩いた。

彼女は歩いていて朝鮮語を話す人に会うと、すがりついて哀願した。

「どうか私を朝鮮に連れていってください」

家族連れのように見える人々は彼女を連れて行くと言ったのに、少しすると自分たちだけで行ってしまった。

行商人は朝鮮に連れて行ってやるから心配するなと言って、彼女を連れてトウモロコシ畑に入った。そして、もみ殻しかないトウモロコシ畑に彼女を捨てて行ってしまった。[*244]

彼女は道も分からず、ポケットに一銭もなかった自分が、どうやって歩いて豆満江まで行ったのかと思う。

ハチの群れのように襲いかかる爆撃の中で、どうやって死なずに生き残ったのかと。

道が分からないので、黒く焼けた山に向かって闇雲に歩きもした。日本軍が馬賊の群れを討伐しようと火を放ったのだった。[*245]

黒く焼けた山を越えた後には、鉛色の岩山に向かって歩いた。

一日半歩いて到着した彼女は、ほぼ直角の傾斜の岩山を犬のように這って下りてくる人々を見た。山裾の村に住む人々で、彼らは家のあちこちに隠しておいた食糧を取り出して食事を作り、明るくなると山へ登った。見知らぬ人々が村に入ってきて罪のない人を殺し、女子どもを強姦するので、昼間は山に避難しているのだった。[*246]

彼女は朝鮮の女の人のような人を見ると近づいて顔を見つめた。もしかしたらポクジャ姉さんやクンジャ、エスンではないかと思って。

腰が長く、後姿がクンジャに似ているのでついて行くと、他の慰安所にいたという少女だった。忠清南道の天安(チョナン)が故郷だというその少女は、ある日日本人の主人夫婦が逃げ出してしまい、解放されたことを知ったと言った。

「ソ連の軍人がきて慰安所に火をつけるって言ってたわ」

彼女はその少女と四日間一緒に歩いた。

人々が少しずつ増え、人波になった。人波に押されて歩いていて、ふと横を見るとその少女はどこかに消えていた。

彼女は人波の中でポジャギに包んだ雄鶏を抱いてトボトボと歩いていく老女を見た。彼女はその女性が大邱駅で見た女性のような気がした。白いチマチョゴリに紬のかせ糸のような頭を結い、白い綿のポジャギを抱えて列車を待っていた女性。彼女が近づくと、女性は雄鶏を奪われると思い、声を上げて逃げていった。

◆

◆

◆

ぐるぐるぐる回る水があった。[*247] ぐるぐるぐるぐる、ぐるぐるぐる、石臼が回るように。豆満江だった。中国人の男やもめの家から逃げだしてから五ヶ月後にたどり着いた豆満江を見た瞬間、彼女は足が震え、つんのめるようにしゃがみこんだ。水の中に何があるかも分からない、濁った豆満江は、奥地の軍部隊を訪れる途中で渡った川のような気がした。

馬と軍用車に乗って豆満江沿いに移動するソ連の軍人を眺める彼女の目に、プカプカと浮く死体が飛び込んできた。死体は川辺の草むらにもあった。

ソ連の軍人があちこちで陣を張り、人々が満州から朝鮮に渡れないように豆満江を見張っていた。[*248]

彼女は群れをなした人々が話す声に耳を傾けた。どこに行けば水が深く、どこに行けば水が浅く、どこに行けば水が引き……。

夕刻になると人々は食糧が入った包みを頭に載せ、包みが濡れないように顔を川面の上に出して渡りはじめた。

川を渡る人々がひとりまたひとりと増えると、彼女は今晩中に豆満江を渡らないと一生渡れないような気がして、矢も楯もたまらなかった。

生まれたての赤ん坊を布でぐるぐる巻きにして背中に背負った女が、川の中に歩いて行った。女はまばたきする間に腰まで水に浸かった。赤ん坊の顔が水に飲み込まれて吐き出されるのをはらはらしながら見守っていた彼女の耳に、人々が嘆息する声が聞こえた。

「ああ、吸い込まれる！」

「あれまあ！」

ぐるぐるぐるぐる回る水の中に、人が吸い込まれていった。黒いチマが風船のように膨らんで消えた。

その間に川を渡りきったのか、赤ん坊を背負った女の姿は見えなかった。

彼女は、妊娠して腹の膨れた少女が渦を巻く水の中に飲み込まれるのも見た。[*249]

男というだけで身震いして恐ろしかったが、彼女は男性を見ると捕まえてすがりついた。

「おじさん、向こうに渡らせてください」

しかし、彼女に手を差しのべる男はいなかった。立っていることすら辛そうな彼女を連れて川を渡ると、自分まで水に吸い込まれて流されそうだから。

地団駄を踏んでいた彼女は、少女たちが互いに手を繋いで川を渡るのを見た。ひとりも水に飲み込まれずに七人全員が渡るのを。[*250]

彼女はもしかしたら上流に行けば川幅が狭くなるのではないかと、流れに逆らって歩いた。しばらくすると、彼女は額を銃で撃たれて死んでいる女性を見た。[*251]

太陽が昇ると、川を渡る人は少なくなった。

頭に黒い頭巾を巻いた女性が五、六歳の女の子の手を握って川に入った。川の前に女の子を座らせると、死体が静かに浮かぶ川の水を手ですくって、女の子の顔を洗った。

彼女は四十がらみの男を捕まえて哀願した。

「おじさん、私を連れて渡ってもらえませんか」

「お前、金はあるのか？」

オトウサンがよく着ていた炭鉱パジを履いた男が聞いた。

「おじさん、結婚してますか？」

「結婚ならとっくにしたよ」

「おじさん、私お金がなくて、女の人のチョゴリならちゃんとしたのが一枚あるんですけど、それで渡らせてもらえませんか」

彼女はポジャギに包んでいた白い木綿のチョゴリを男に差し出した。

「嫁さんにやったら喜びそうだ[*252]」

男は彼女の手を握る代わりに手首をつかんだ。いざとなれば放してしまえるように。

9

豆満江さえ渡れば、故郷の家まではすぐだと思った。豆満江を渡ってから五年も経って家に帰るとは思ってもみなかった。

豆満江を渡り、一ヶ月以上歩いて到着したのは平壌駅だった。平壌駅は列車に乗ろうとする人々、仕事を求めて出てきた人々、占い師、餅売り、労働者らしき男たち、物乞い、荷運びでごった返していた。列車にさえ乗れば故郷に帰れるという思いに、彼女は胸を躍らせながらも怖かった。

彼女は成り行き任せで餅売りについて行った。働いてご飯を食べられるところがあれば紹介してほしいと泣きついた。

「あんた、生娘かね?」

餅売りが彼女のやせた黒い顔をじろじろと眺めて言った。

「二十歳を過ぎてます」

餅売りは、彼女を汁物を出す食堂に紹介してくれた。平壌駅の裏側で背中の曲がった女がひとりで汁物を売っていた。女は学徒兵として徴兵された息子が必ず生きて帰ってくると信じ、息子が帰ってきたら一緒に住む家を買うためにがむしゃらに金を貯めた。彼女は三度の食事を提供され、着るものも与えられたが、賃金は受け取れなかった。夜は食堂の中の部屋で女と一緒に寝た。故郷に帰るには金が必要だったが、金をくれとは言えなかった。

食堂で働いて三ヶ月ほど経った頃、彼女は毎晩食事をしにくる日雇いの老人に事情を話した。満州にいたとは言わなかった。大邱に行く列車に乗らなければいけなかったのに乗り間違えて平壌にきたと、金が入った袋をなくして故郷にも帰れずにいると言い繕った。

「それなら体を売るところに行かないとな」[*253]

その言葉が、彼女には再び慰安所に行かせるという意味に聞こえた。それで、その日の夜に彼女は背の曲がった女が便所に行く間に掛けておいた腹巻から紙幣を数枚抜き取り、あてもなく平壌駅に向かった。

平壌駅から列車に乗って京城まで行った。京城駅から列車に乗れば必ず大邱に着くと思った。しかし、彼女が大邱駅だと思って降りたところは釜山駅だった。

チョークで線を引いたように髪の分け目をぴっちりつけた老婆がとぼとぼと歩いていたかと思うと振り返り、彼女に近づいた。

「お嬢ちゃん、行くところがないのかい？」

二十歳を過ぎた彼女を、老婆はお嬢ちゃんと呼んだ。

「はい、ありません」

「なんてことだろう。どこからきたんだい？」

「私、文字が読めなくて、どこからきたのか分かりません」

彼女は満州で軍人の相手をしていたとはとても言えず、そうごまかした。

「本当に行くところがないんだね？」

「本当にないんです」

「うちにきて赤ん坊の世話をして、家の手伝いもしてくれるかい？」

彼女が老婆について行った場所は銭湯だった。日本式に建てられた銭湯で彼女は七ヶ月になる赤ん坊の世話をし、銭湯で下働きをして生活した。その家でも賃金はもらえなかった。[*254]

慰安所で丸七年、慰安所から逃げ出して五年。合わせて十二年ぶりに彼女は故郷の家に帰った。彼女は実家の住所を知らず、村の地名だけで家を探した。村のバス停で人々を捕まえてはカマクゴル[54]にはどうすれば行けるか尋ねた。彼女の故郷は、大邱から電車で一時間三十分の村からさらにバスに乗って三十分かかる辺鄙な場所だった。その上バスは二時間に一本しかなかった。バスが興奮した雄牛のように走っている広い道が、十二年前に自分と少女たちを乗せたトラックが走ったその道だということに、彼女は足元から伝わる揺れで気付いた。

バスがジャガイモの袋を落とすように彼女を下ろした場所でしばらくの間佇んだ後、村の方に一

54 現在の慶尚北道慶州市見谷面（ヒョンゴクミョン）。

歩踏み出した。

故郷の村に入った彼女を迎えたのは兄嫁だった。母親は亡くなっており、父親は中風で寝たきりだった。妹二人は嫁に行き、彼女がいない間に生まれた妹は家を出て練り物工場で働いていた。結婚した兄だけが実家に残って父の面倒を見ていた。

兄嫁は汚水の入った木鉢を手に台所から出てきて、彼女を見た。

「どなた?」

それは彼女が聞きたかった。四人目を妊娠して腹が山のように膨れた女が兄嫁だとは、夢にも思わなかった。

彼女は何も言えず実家を見回した。実家は十二年前に彼女が去った時そのままだった。吹けば飛ぶようなあばら家に、カラタチの木が垣根を作っていた。

「あんた誰?」

無情なその言葉に、彼女は庭にへたり込んで痛哭した。

父親は頭はしっかりしていたが、彼女だとはすぐに気付かなかった。[*255] あまりにも歳月が流れ、彼女の顔が変わり果てていたから。彼女の顔はキュウリの花のように黄色かった。[*256]

彼女は家族にとって死んだも同然だった。十二年もの間何の便りもなく、兄は彼女がどこかで死んだものと考え、死亡届を出した。[*257]

彼女を覚えていた故郷の人々が尋ねた。

「子どもの時にいなくなったのに、一体これまでどこにいたんだい？」[*258]

故郷の人々は、ほとんどが彼女のいとこやはとこだった。山奥の谷に住む叔母は、信じられないと彼女の顔をつねった。

雀も、鶏も、山羊も彼女に聞いた。子どもの時にいなくなったのに、一体これまでどこにいたんだい？

彼女は家政婦をしていたと言い繕った。小さい時に間違えて釜山に行き、他人の家で家政婦をして暮らしてきたと言った。[*259] 満州まで連れて行かれたとはとても言えなかった。

彼女は夜になると兄嫁に隠れて母親の墓に行き、涙を流して帰ってきた。川辺には絶対に行かなかった。川辺に行くと、十三歳のまだ幼かった自分がカワニナを捕まえているような気がしたからだった。

嫁に行ったいとこが里帰りして彼女を訪ねてきた。彼女と同い年のいとこには、子どもが三人いた。

背におぶった子どもをあやしながら、いとこが尋ねた。

「家政婦やってたんでしょう？　お金をたくさん稼いだでしょうね」

「たくさん稼いで服も仕立ててたし、新しい靴も買ったよ」[*260]

いとこは背中から子どもを下ろしてブラウスのボタンを外し、おっぱいを飲ませた。

死んで魂になっても戻りたかった故郷の家で、彼女は居候の身分だった。兄は精米所で日雇いの仕事をして家族をかろうじて食べさせていた。兄嫁は食べるものがないので、麦飯で薄い粥を作って家族に食べさせた。兄は彼女の顔をまともに見ることができなかった。彼女がいない間に生まれた妹は、故郷に戻った時に会った。柿の木の下に立っている彼女を、妹はきょとんと見つめるだけだった。嫁に行った妹は彼女に一度会いに行くと言いながら、こられなかった。

彼女は意味もなく甕の周りをうろついた。母親が水を汲んで祈った甕を撫でさすった。

川の近所には足も踏み入れなかった。

ある日、村の男たちが黄色い犬を引きずって川の方に向かうのを見た。犬の血走った目が彼女を捉えて離さなかった。奥地の軍部隊に出張に行く途中で寄った中国人村で、少年の死体を咥えていった犬も黄色かった。

犬を燃やす臭気が川の方から漂ってきた。そこにはトンスク姉さんを燃やした時の匂いが混じっていた。

川の向こうの実家に行ってきた兄嫁が彼女に言った。

「川に薄氷が張りましたよ」

彼女は顔を上げて川の方を見た。土手の上に黒い幌を張ったトラックが止まっていた。五、六人の少女たちが乗っていた車も、黒い幌を張ったトラックだった。十二年前、彼女は鳥のように飛んで少女たちの前に落ちた。

「どうしてトラックが止まっているの?」

「トラック?　牛しかいませんよ」

「牛?」

「谷のトクスおじさんの牛ですよ」

彼女には牛がトラックのように見えた。彼女は台所に入って鎌とざるを手に出てきた。

「何を取りに行くんですか?」兄嫁が尋ねた。

「ナズナよ」彼女が答えた。

「まだ冬にならないのに、もうナズナが生えているかしら?」

彼女は稲の切り株を踏みながら田んぼに入っていった。鎌で地面を刈った後、空を見上げた。


ナズナが生える頃、彼女は故郷の家を出た。兄にとっては食いぶちが少しでも減れば負担が軽くなるからだった。ちょうど晋州の金持ちの家で家政婦をしていたいとこが、実家に帰るついでに彼女を晋州の銀行員の家に紹介してくれた。[*261]

村で会った叔母が彼女に聞いた。

「どこに行くんだい?」

「家政婦として働きに行くんです」

「一生家政婦ばかりして死ぬつもり?　女は嫁に行って息子や娘を産まなきゃ」

自らの足で故郷を去るのに、彼女は知らないところに連れて行かれるような気がした。三十の誕生日を前に、彼女はスーツにハイヒールを履いて、頭にはパーマをかけピンを挿した。

生きて帰ってはきたものの、戸籍に記載のない彼女は今も死んだ人だった。彼女の戸籍を復活させようと急ぐきょうだいは誰もおらず、すぐにできることでもないからと、今日明日と先延ばしにしていた。[*262]

◆ ◆ ◆

自分がどこに行ってきたのか、兄は知っていたのだろう。妹たちとは違い、兄は彼女に一度も結婚しろと言わなかった。十二年ぶりに戻った実家で秋と冬を過ごし、再び家政婦として働きに出ると言う彼女に兄は言った。

「お前が生きて帰ってきただけで何よりだ[*263]」

八十一歳の誕生日を迎えて、兄は山芋畑で人生を終えた。畑の主人に発見された時、兄は畦に顔を突っ込んでいた。そこから二十歩ほど離れた場所に農薬の瓶が転がっていた。激しく身もだえしたことを物語るように、爪という爪に血が固まっていた。

兄が農薬を飲み、苦しみに身もだえする時、ナズナと野蒜とヨモギはすくすくと伸びていただろうと思うと、彼女は不思議な気分になる。

八十年生きても、あともう一日生きるのがそんなにも苦痛だったのだろうか？　一日たりとも生きていたくないほどに。

兄嫁にも話さなかったのを見ると、兄は本当に頑固な人だったのだと思う。

何も知らない兄嫁は、いつだったか父親の法事で自分のはとこに当たる人の話を何気なく彼女にした。

その人も慰安婦として連れて行かれたのだという。

「雪が降っているというのに靴も履かずに歩いているのを見かねて、兄弟たちが清凉里（チョンニャンニ）[55]の精神病院に入院させたのよ」[*264]

兄嫁は金學順という女性がテレビに出て泣くのも見たといった。

「挺身隊に行ってきた女性を見て、日本では商売女[*265]だと言うんですって？」

兄嫁は慰安婦を挺身隊と言った。

「商売……？」

「体を売る商売といえば商売じゃないですか」

「それならテレビに出てあんなに泣かないでしょう……」

「聞いたところでは、妓生も金を稼ぎに行ったんですってよ？」

55　ソウル東部の地域。

満州の慰安所には妓生出身の少女たちもたまにいた。ヒャンスクのように検番出身の少女たちも。ヒャンスクは自分が行くところが料亭のようなところだと思っていた。一日に軍人を十人も二十人も相手にしなければならないところだとは夢にも思わなかった。

「女の子たちが自分の足で生き地獄に行くはずはないでしょう？」

「生き地獄？」

「十二歳の子が何を知っていてついて行くっていうの」

「十二歳の子もいたんですか？」

明太に揚げ衣をつけていた兄嫁が目を丸くした。

「あんなに小さい子がどうして……お金を稼がせてやると大人がだましたから、何も知らずについて行ったんでしょう」

彼女は自分が慰安所にいたことを兄嫁に気付かれそうで、それ以上何も言わずに口をつぐんだ。

ヒャンスクは生きて帰れただろうか。ヒャンスクの日本名はユリコで、それは死んだキスク姉さんの日本名でもあった。キスク姉さんが死んですぐにオトウサンが連れてきたヒャンスクに、オカアサンが言った。

「今日からお前の名前はユリコだ」

オカアサンはそうして死んだ少女の名前を、新しくきた少女に受け継がせた。死んだ少女の体から脱がせた服を、生きている少女の体に着せ替えるように。

　戦闘に出て戻ってこなかったり、不自由な体になった軍人たちは数えきれないが、少女たちの体を通りすぎる日本兵らは減るどころかむしろ増えていった。ポクジャ姉さんは、部屋で寝ていても日本兵がどこからやってくるかはっきり分かった。「東の方から軍人がたくさんくるよ」そうすると本当に東から軍人らが押し寄せた。

　日本兵らは南だけでなく東からも、北からも、西からも押し寄せた。日本兵の数が数百、数千と恐ろしい勢いで増える間、少女たちの数は三十二人から三十九人へと七人増えるのがやっとだった。

　七十人近くの軍人を受け入れた[*266]次の日、彼女がサックが入ったアルミの容器を持って洗面所に行くと、ヒャンスクがひとりでサックを洗っていた。彼女はヒャンスクから離れたところに座った。陰部が刃物でめった切りにされたようにじんじんと痛んだ。尿意を覚えたが、小便は一滴も出なかった。自分の体を通りすぎた軍人らの数を、彼女は六十八人まで数えて止めた。

　ヒャンスクがちらちらとこちらを見たが、彼女は知らんぷりをした。自分が特にいじめられたわけでもないのに、彼女はヒャンスクを遠ざけた。ヒャンスクを見るたび、ユリコという日本名と一緒に、死んだキスク姉さんを思い出すからだった。オカアサンや日本兵らがユリコを呼ぶと、死んだキスク姉さんを呼んでいるような気がした。

　アルミの容器をひっくり返してその中のサックを出した彼女に、ヒャンスクが話しかけた。

「朝ごはん食べにこなかったけど、何かあった？」

「……」

「タカシが置いていった缶詰があるけど、お腹空いてたらあげようか？」

タカシは、たまにヒャンスクを訪ねてくる日本兵だった。

自分のサックを洗い終わったヒャンスクが彼女の方に近づいた。彼女の足の前に置かれたサックを洗い、アルミの容器の中に入れた。

「タカシが言ってたけど、日本兵もかわいそうなんだって」

サックを洗いながら、日本兵に同情するヒャンスクのことが彼女は理解できなかった。

「日本兵も私たちみたいに両親や兄弟と生き別れになって、命を捨てに満州まできたんだって。昨日は私がお母さんに会いたいって泣いたらこう言うの、死ぬなって……何としても生きてお母さんがいる朝鮮に帰れって……」

満州の慰安所にいた七年間、彼女の体を通りすぎた日本兵は大雑把に見積もって三万人だった。三万人に上る軍人のうち、彼女にそんなことを言ってくれた軍人はただひとりもいなかった。死ぬなと、何としても生きて朝鮮に帰れと。

◆◆◆

居間の窓を背に座った彼女の手にあるのは、折り畳み式の黒い携帯電話だ。使い方が分からない物のようにしばらくいじってから開く。液晶画面は墨のように黒い。親指で電源ボタンを押すと、電子音とともに画面が明るくなる。

兄の家の電話番号をすっかり忘れたと思っていたが、思い出せた。彼女は親指で力を込めてボタンを押す。

ピンポンという音が連続して鳴る。メールを受信した音だ。一通、二通、三通、四通。彼女が電源を切っていた間、受信できなかったメールだ。

彼女は急いで携帯の電源を切る。彼女が携帯の電源を切っておく理由は、知らないところからかかってきた電話のせいだ。兄と妹以外には誰にも知らせていないのに、知らない人から彼女の携帯に突然電話がかかってくることがある。そんな電話を受けると、隠れていて見つかったように激しい恐怖感に襲われる。

戸籍を復活させるのに苦労したことを思い出すと、彼女はうんざりする。三十年間失っていた戸籍を復活させ、住民登録証を受け取った日の夜、彼女は今夜死んでも問題になることがないという思いに胸を撫でおろした。戸籍がない死体は死んでからも問題だった。どこかに埋めることもできず、火葬場に運んでも焼くことができない。

戸籍上の生年月日も実際とは違う。彼女の父親は、彼女が生まれた後一年も経ってから彼女の出生届を出した。戸籍上では彼女は十一月生まれだが、彼女の母親は彼女が陰暦の六月一日に生まれたと言った。彼女を産んでやっと人心地がついた時、朝の光が障子ににじんでいたと。転出届を出さなかったので、受け取った住民登録証が抹消されているかもしれないと思うと、彼女は心が痛む。

今さらながら、この世界に自分がたったひとり[*267]だと考えると、彼女は娘がひとりいればいいのに[*268]と思う。

釜山で家政婦をしていた時、彼女を追いかけ回した独身男がいた。男というだけで身震いしたが、子どもを産むことができるならその男と家庭というものを作って、皆のように生きてみようと産婦人科で診察を受けてみた。産婦人科医は彼女に、子宮が片方にねじれているので[*269]子どもを産むのは難しいだろうとだけ言った。自分が満州というところに行ってきたとは言えず、彼女は男に黙って釜山を去った。

月経は四十になる前になくなった。[*270]

月経がなくなりかけの頃、陰部が丸ごと取れそうなほど重く、パンパンに腫れた。立って洗い物をするのも辛く、彼女は家政婦をしていた家を出た。陰部が腫れはじめると、腰を曲げることも、伸ばすこともできなかった。南瓜を茹でて食べ、鯉も煮込んで食べ、韓方薬局で処方してもらった薬を飲んでもよくならなかった。瓦がよいと聞いて、瓦の欠片を手に入れて下腹部に温湿布をしたが、よくなったのはその時だけだった。テレビで人々が喧嘩したり、銃声がすると恐ろしくてブルブル震えながらすぐにチャンネルを変えた。誰かが歌うのもうるさく、遊ぶのも嫌で、何もかもが嫌だった。[*271]

慶山(キョンサン)市[56]の河陽(ハヤン)村に蒸し風呂で婦人病を治すところがあるという噂を聞いて、後先も考えずそこに行き、三ヶ月間滞在したこともあった。オンドル部屋の床に粗塩を撒いた後、松葉をふかふかに敷いて、かますを被せる。その上に人を寝かせて首から爪先までかますを掛ける。オンドル部屋がカッカと熱くなるように一日中薪を燃やし、夜になると人を外に出す。蒸し風呂に入ってから五日目に、彼女の体のあちこちから肉片がぽたぽたと落ち、膿のように黄色い汁がだらだらと流れた。

そこでは彼女以外にも女性がきていた。彼女はそのうちのひとりも自分と同じ慰安婦だったのではないかと思う。蔚山(ウルサン)[57]が故郷だというその女性は、地元の訛りを話さずソウル言葉と江原道(カンウォンド)訛り、日本語を混ぜて話した。その女性は彼女に嘆くように自分の話を聞かせた。幼い時に日本に出稼ぎに行ったが、体を壊して戻ってきたと。見た目は元気そうだが、悪くないところがないと。

「罪を犯したわけでもないのに、毎日追われているような心情だよ。ひとりでじっとしていても心臓がぶるぶると震えるのさ。そんな時はマッコリ一杯でも飲まないと、死んでしまいそうだ。いつからかマッコリが夕飯になったよ。道を歩きながらいつも拳で胸を叩くから、テンプラ工場の女が

---

56 慶州北道南部の都市。
57 韓国南東部の広域市。

それは鬱火病[58]だって」
ソウルの二村洞（イチョンドン）で代々韓方薬局を営んできた家で家政婦をしていた時、その家の主人がいたずら半分で彼女を占ったことがあった。主人は診脈[59]だけでなく観相[60]や四柱推命まで確認して韓方薬を処方した。彼女に薬局の雑用もさせた主人は、彼女に生年月日と生まれた時間を尋ねた。彼女は陰暦六月一日、夜明け頃に生まれたと言った。その時、彼女の年齢は五十をとうに超えていた。主人は彼女が卯時生まれで、融通はきかないが真面目で母性愛が強い女性だと言った。夫が外で作った子どもでも、実の子のように大切に育てると。

彼女は内心、それなら自分にどうして子どものひとりもいないのかと反論した。母性愛が生まれつきなら、その母性愛を分け与える子どものひとりもいるはずではないか。母性愛と子ども運は別なのか。それならば子ども運のない母性愛は、祝福ではなくむしろ呪いではないか。

彼女も妊娠したことはあった。初潮がきたすぐ後だった。彼女は自分が妊娠したことに気付かなかった。毎週あった検査を受けに行って、軍医官に注射を打たれ、血の塊を股から流した。

血の塊が彼女の目に浮かぶ。人間の形をした血塊だった。

血塊が自分の体から出た時、子宮も一緒に流れ出すような気がした。

10

豆腐を買いにミニスーパーに行った帰りに、雨どいにぶら下がっている玉ねぎの網に出くわした。長く伸びた網の中には、子猫が入っていた。スレート瓦の下の雨どいは、ひびが入って割れ、手で触っただけでもウエハースのように砕けそうだった。

わずか二週間の間に、彼女は玉ねぎの網の中に入れられて空中にぶら下げられている子猫を六匹も見た。老人は十五番地の子猫を手当たり次第に捕まえていた。

同じ母親から生まれた子猫だろうか。網の中の子猫の毛は茶色だ。前日に通りで会った子猫の毛も茶色だった。よりによって彼女が餌と水をやっているナビの毛の色も。

玉ねぎの網は雨どいから長く垂れ下がっている。彼女が決心さえすれば、いくらでも網を外して子猫を放してやることができる。

しかし、彼女はどうしてもその気になれない。

---

58 怒りを抑えることが原因となり、胸のつかえなどを感じる病気。
59 脈拍から身体の症状を判断する医術の一種。
60 顔の形や人相、体形から人の運勢を判断する占いの一種。

◆　◆　◆

彼女は食卓の向こうのテレビに視線を止め、鍋の中の味噌チゲをスプーンでかき回した。豆腐をざくざくと切り入れて煮た味噌チゲと、白菜のキムチが今日の彼女の夕食だ。

テレビの中では、アフリカの女性がマッチやライターなしに石と木の枝と乾いた草で火を熾す。やっと十七歳になった女性は、三人の子どもの母親だ。

女性の家には四歳下の妹がきていた。目が飴玉のように大きい少女は、学校の帰り道に茂みに引きずりこまれて五人の反政府軍から集団暴行を受けた。その時に脱腸するほど体をひどく傷つけられ、四回も手術を受けたが、今もまともに歩けない。女性の故郷の村には、妹以外にも強姦された女性が数十人いる。妊娠中に暴行を受けた女性もいた。女性の故郷の村では政府軍と反政府軍が数十年にわたり戦争中で、反政府軍は自らの力を誇示するために村を襲撃して女性を犯した。

怯えた顔で門に立っていたアフリカの少女が言う。

「私も分からないんです。彼らがどうして私にそんなことをしたのか」

自分が言いたかったことを、しかしどうすればいいか分からなくて言えなかったことを、肌の色が違うアフリカの少女が言うので、彼女は驚き、不思議に思う。

その間に画面が切り替わり、アフリカの少女は本を読んでいる。教師になるのが夢だったという少女が、彼女は他人のように思えない。少女が学校帰りにされたことが、満州の慰安所の少女たちがされたことと違うように思えない。

戦争がどれだけ惨たらしいことか、彼女はよく知っている。釜山の銭湯で丸四年家政婦として働き、やっと故郷の家に帰る途中で朝鮮戦争が始まった。

朝鮮戦争のことを考えるたびに、彼女は死んだ赤ん坊を思い出す。避難民の渦に飲み込まれ、あちこちさまよった彼女は、姑と嫁らしき二人の女が荒れ果てた畑に生まれたての赤ん坊を捨ててくるのを偶然見た。二人の女が急いで避難民らの中に消えた後で彼女が畑に入ると、赤ん坊は冷たくなっていた。彼女は赤ん坊を抱いて畑でしばらく座り込んでいた。赤ん坊はすぐにでも生き返って泣き出しそうだった。赤ん坊を抱いて畑から出て避難民について歩いていた彼女は、南瓜畑を見て正気に戻った。石臼ほどの大きさの南瓜が転がる畑には、銃弾を浴びて死んだ軍人らが無数に散らばっていた。銃弾が軍人の体を貫通する時、四方に飛び散った返り血を浴びた南瓜は、豚の肝臓のようにどす黒かった。彼女は赤ん坊をいつまでも抱いていることもできず、南瓜畑に捨てた[*272]。

突然テレビの画面が真っ黒になった。居間と縁側の蛍光灯、台所の電球が同時に消え、冷蔵庫が止まった。

すべてが一瞬のことだった。

彼女は自分の肉体も止まってしまったかと思う。一瞬ですべてが消えてしまったのだろうか？

彼女は器に近付けたスプーンを置き、静かに待つ。両耳が沈黙に慣れるまで、両目が暗闇に適応するまで。

彼女は世界の終わりがきたような気分になるが、胡桃の殻のように自分を包んでいる暗闇が耐えられないほど怖くはない。幼い頃、彼女は人間にとって怖いものは暗闇や飢え、洪水のような天変地異だと思っていた。十三歳以降は、人間にとって最も恐ろしいのは人間だということを知った。

テレビ台の引き出しを手探りしていた彼女が白いろうそくとマッチ箱を手にする。彼女はおぼつかない手つきでマッチを擦り、ろうそくの芯に持っていく。

芯にしがみついて細く痙攣する、唐辛子の葉のような火が、彼女には自分に与えられた最後の火のような気がする。

最後の火が消えそうでひやひやしながらも、ろうそくを持って食卓と居間の隅々を照らしてみる。おかずの入った容器を、鍋を、スプーンを、透明なプラスティックのコップを、窓を、たんすを、鏡を、天井を。

テレビの近くを照らした彼女は驚いて身をすくめた。瞬間、紙のお面が人の顔に見えた。ろうそくの芯にしがみつく火が揺らぎ、糸のように一筋の煤が立ちのぼる。彼女はろうそくを持った右手をできるだけ前に伸ばして分電盤を照らす。ブレーカーと黒い電線、メーターが光に照らされる。

やはりブレーカーが落ちていた。一度や二度ではない。ブレーカーが勝手に落ちることがある。いつ落ちるかわからないので、備えることができない。しかも彼女は電気に疎い。彼女が生まれた時、故郷の村には電気がなかった。十三歳で故郷を出た時まで、村には電気が引かれていなかった。電気が電線だけでなく、他のものにも流れるという事実を知り、電気が怖くなった。電気が流れるものを彼女はひとつひとつ思い浮かべる。釘、銅線、金の指輪、銀の指輪、合金の指輪、お玉、鉄釜、針金、金属の箸、水……人間。

それでなくても彼女は分電盤の問題で電気検針員に相談していた。電気検針員は古くなったからだと言って、分電盤を丸ごと取り換えなければならないだろうと言った。運が悪ければショートして家が灰になるかもしれないと脅かし、自分が知っている電気技師を紹介してやると言った。彼女は電気検針員の親切を重荷に感じ、工事をするにはまず平澤の甥と相談しなければならないと断った。彼女はなんとなく、分電盤を丸ごと交換しなくても、電線を集めている老人ならブレーカーぐらい治せるような気がした。

彼女は分電盤の下に置いておいた、銭湯でよく使われる椅子に上った。背伸びをして分電盤に腕を伸ばす。彼女の手がブレーカーのレバーに届く。

◆◆◆

洗い物を終えて鍋に水を入れ、火にかける。水が沸騰する直前にガスレンジの火を消し、鍋の中の湯を汲んで赤いゴムの桶に注ぐ。

台所の戸についた鍵をしっかりとかける。

象牙色のブラウスを脱いできちんと畳み、炊飯器の前に置く。よもぎ色のプリーツスカートも脱いできれいに畳み、ブラウスの上に置く。白い靴下を脱いで下着姿になる。彼女は台所のドアに鍵がかかっていることを再び確認してから、肌色の下着を脱ぐ。レーヨン素材のスリップを脱ぎ、ショーツとブラジャー姿になる。彼女は腕を後ろに回してブラジャーを外す。誰が見ているわけでもないのに、手で胸を隠してショーツを下ろす。

服を何枚も着ていても、一糸まとわぬ姿で表通りに立っているような気分になる時がある。下半身を丸出しにして、冷たく固い地面の上に寝ているような時が。

彼女は桶の中に入り、膝を折りたたんで胸につけて座る。水位が上がって桶の外に溢れそうになる。

全ての感覚が体と分離するようだ。

彼女は手で水を汲んで両肩に交互にかける。満州の水に比べればずっとましだ。満州の慰安所で過ごす間、彼女は故郷の水がとても恋しかった。彼女は世界のどこでも水は同じだと思っていた。ところが満州の水で頭を洗うと、髪の毛が割れた木片のようになった。[*273]

彼女は塩を溶かした水で下半身を洗う。満州から戻って十年以上の間、彼女は陰部が痒くて気が狂いそうだった。道を歩いていても、横道に走り込んで陰部を掻きむしった。[*274] 台所で米をといでいても、庭で洗濯をしていても急いで手洗いに入り、ショーツに血がつくほど掻きむしった。掻いてから小便をすると、蜂に刺されたようにひりひりした。[*275]

夜には焼きごてのように熱い湯で陰部を温めて、やっと眠りにつくことができた。

タオルで下半身を拭いながら、驚いて手を止めた。まばらな陰毛に小さく粒々とついた水粒が、毛虱のように見えた。

そこが指だったら、彼女はとうに切り落としていただろう。

いくら洗っても、彼女は自分のことを汚く感じる。

金學順、あの人の夫は子どもが聞いているのに、自分の妻に「汚れた女」と吐き捨てたと言った。

水をきれいに拭き取って新しい下着に着替える。下着は全部白だ。彼女は下着を毎日、上に着るものは三、四日ごとに着替える。手足の爪を丁寧に整え、食事の後は必ず歯を磨く。自分がいつ、どこで死ぬか分からないし、誰に発見されるかも分からないという強迫観念のせいだ。彼女は死んだ自分の姿が清らかであればと願う。死んだ自分を最初に発見する人が誰であれ、自分を触る時に汚いと感じないように願う。

彼女はできることなら今の家で死を迎えたい。自分が使っていた家具と身の回りの品に見守られて息を引き取りたい。

自分の家で死ぬ人はどれほどいるだろうか？　幼い頃、彼女は家以外で死ぬのは動物ぐらいだと思っていた。しかし、人も動物と同じだった。彼女の三人の妹も家以外の場所で死んだ。ひとりは病院で、二人は老人ホームで人生を終えた。

彼女は死んだ自分を誰が最初に発見するかが心配になる。平澤の甥だろうか？　むしろ見ず知らずの人に発見されればと思う。

夜十二時を過ぎた深夜、テレビでは最後の生存者であるひとりの日常を追った映像を放送する。物悲しい音楽とともに始まった映像は、十年も前に放送されたものだ。二百三十八人からひとり、二人とこの世を去り、四十人ほどが残った時、テレビでは連日慰安婦のニュースを報じ、慰安婦だった人の日常を収めた映像を特集番組として流した。議政府（ウィジョンブ）[61]に住んでいた時、彼女は一日中テレビをつけっ放しにしていた。ネックレスにラベルをつける内職をしながらも、慰安婦の話が出るとテレビに向かって顔を上げた。慰安婦だった女性がテレビに出て慰安所がどのような場所だったかを証言する間、彼女は口をぎゅっと閉じていた。彼女が誰にも言いたくなかった話を、その人たちはしていた。

慰安婦だった人の日常を撮影した映像を、彼女は欠かさずに見た。自分と同じことをされた女性たちが、どのように生きているのか気になるからだ。

再放送だということを知って少しがっかりした。彼女はその人が今どのように暮らしているのか気になる。誰と暮らしているのか、どこで暮らしているのか。体は不自由でないか。

昔に放送した映像をどうして深夜にまた流すのか、心の中で不平を言いながらも彼女はテレビにもっと近づいて座る。

……その人は彼女のようにひとり暮らしだ。カメラが彼女の家の床と台所と部屋を映す。小さなヴィラ[62]だが、困窮している印象は受けない。全てのものが決められた位置にある感じがする。居間の窓の薄緑のカーテンが夢見るようにゆらゆらと揺れる。

茶色の布張りのソファーに座っているその人の姿が、一幅の絵のように画面に映る。その人は辛子色のセーターに灰色のウールのズボンを穿き、足には緑色のスリッパを履いていた。背中はまっ

61　ソウル近郊の都市。
62　低層の集合住宅。

すぐで細い。テレビの画面に証明写真のように映るその人の顔は、目鼻立ちがしっかりして人中が長い。辛抱強そうな顔だ。丸みを帯びた額がすっかり見えるほどに梳かした白髪混じりの髪が素敵だ。

その人が言う。

「私は花が好き」[*276]

居間の窓の下には黄色い野菊と蘭の鉢が並んでいる。その人は子どもを撫でるように野菊の花を撫でる。彼女の手で花はきゃっきゃと笑うように揺れる。

「好きなのは花だけかって？　ドラマも好きだし、犬も好きだし、猫も好き。きな粉餅も好きだし、汁粉も好きだし、コーヒーも好きよ。私がどうしてそんなに好きなものが多いかご存じ？　嫌いなもののことは考えないから」

その人は立ち上がって台所へ行き、洗って水気を切ってあった桃を剥く。

「人間は根拠もなく生きてはだめ。一日を生きるにも、根拠を作って生きないと。あの花も全部根拠よ。私が水をやるから枯れずに花を咲かせるの。水をやるためにも、私が元気を出してまめにならなくちゃ」

ひとり暮らしだが、その人は時間を決めて食事をする。おかずが一種類だけでも、きちんと盛り付けて食べる。

食卓の上にも小さなサボテンの鉢が置かれている。

「棘の中で花が咲いているのって不思議でしょう?」

ご飯茶碗をひっくり返したようなサボテンの中に、オレンジ色の花が一輪咲いている。白い棘が花を細かく取り囲んでいる。

「感心するし、いじらしくもあるし……この花、まるで私みたい」

食卓のその人の向かいにはテレビ局からきた女性が座っている。三十歳ぐらいだろうか。女性がその人にどうして結婚しなかったのかと丁重に尋ねる。

「私たちはきれいなお母さんの体から生まれたけれど、あそこに行ってきて体が傷付いたのに、どうして結婚なんかできるかしら。相手の人生を台無しにするために結婚するの? 結婚するなら上手く騙してするしかないけど、そんなことできるわけがない……とにかくしつこい病気だから、治したのに春と秋にはむずむずするのよ[*277]」

その人が桃をフォークで刺して口に運ぶ。

「桃がすごく甘いわ。質問ばかりしないで、私の話を聞いて」

その人は食堂を営んで生活してきた。

「誰も知らなかった。慰安婦の申請をして、テレビに出たから知られたけれど。その前までは誰も知らなかった。みんな驚いてた。慰安婦だったことが広まって、人々が妙に距離を置くようになった。昔と違って。だから商売を辞めたの[*278]。慰安婦だったことを知ってからも友達のままでいてくれた人が本当の友達よ[*279]」

その人の楽しみは本を読むことだ。隣人が引っ越す時に捨てていった世界全集を拾ってきて読み始めてから、本に夢中になった。学校の運動場に足を踏み入れたこともないその人は、三十歳になった年に独学でハングルを習得した。

その人は部屋から一冊の本を持ってきた。

「題名は『復活』。ソ連の人が書いた小説よ。もう六回も読んだわ」

その人は茶色い布張りのソファーに座った。ソファーの横のテーブルに置いてあった拡大鏡を使い、囁くような声で本を読む。

「何十万という人びとが、あるちっぽけな場所に寄り集まって、自分たちがひしめきあっている土地を醜いものにしようとどんなに骨を折ってみても、その土地に何ひとつ育たぬようにどんなに石を敷きつめてみても、芽をふく草をどんなに摘みとってみても、石炭や石油の煙でどんなにそれをいぶしてみても、いや、どんなに木の枝を払って獣や小鳥たちを追い払ってみても――春は都会のなかでさえもやっぱり春であった。太陽にあたためられると、草は生気を取りもどし……敷石のあいだでも、いたるところで緑に萌え……鴉や雀や鳩たちは春らしく嬉々として巣づくりをはじめ……」[63]

その人は本から目を上げると、女性に言った。

「何十万という人間がちっぽけな場所を醜い地にしようと骨を折っても、緑は萌え、鳥がやってくるなんて、本当にうっとりするわ。初めてこれを読んで、どれだけ泣いたか分からない。私、もともとあまり泣かないのに……」

その人は女性に向かってにっこりと笑いかけ、本を読み続けた。

「生きとし生けるものの幸せのために与えられた、この神の世界の美しさ……」

夜になるとその人はひとりになる。その人は満開の紫の花が華やかに刺繍された布団に入って横たわる。その人は誰かを待つようにスタンドを点けておく。しかし誰もその人の隣に寝ない。誰も彼女の隣にきて寝ないように。

◆◆◆

彼女は布団を敷く前にぞうきんで床を丁寧に拭く。布団の中に入って横になろうとして止め、縁側に出る。

縁側の引き戸の前に行き、膝を折って座る。引き戸の摺りガラスが微かに震える。

引き戸を開けると、冷気を含んだ風がせっかちな子どものように彼女の胸に吹き込む。彼女は縁側の下に手を伸ばし、履物を持ち上げる。縁側を見回し、ごみ箱の後ろに隠すように置く。ナビが死んだカササギを咥えてきても、彼女の履物がなければそのままどこかへ持っていくのではないかと考えて。

63　トルストイ「復活」新潮文庫、木村浩訳布団に入って横になるが、眠れない。リフォーム店の女性の犬を引き取るのを断ったことが心にひっかかる。老いて病気にかかり、子犬を産めない犬をリフォーム店の女性がどうするか心配だ。犬の運命がひとりの人間にかかっているという事実が、なんとなく不当なことのように思われる。

◆
◆
◆

履物を縁側の中に隠して眠ってから、ナビは何も置いていかない。そして誰も彼女を訪ねてこない。平澤の甥も、電気検針員も、水道検針員も。彼女は誰を待っているわけでもないが、誰も訪ねてこないので不安になる。

11

台所で洗い物をしていた彼女が急いで庭に出たのは、甥がきたと思ったからだった。

甥と同年代に見える男は、洞事務所からきたと自己紹介した。紺色のジャンパーに鼠色のズボンを穿き、帳簿のようなものを持った男の黒い靴は妙に光っていた。

男は洞事務所が十五番地一帯の家を対象に、実居住者の大掛かりな調査を行っていると説明した。

「実居住者？」

「偽の住人ではなくて、実際の住人です」

彼女は男の言葉がすぐに理解できない。偽の住人とはどういう意味だろうか？

「住民票だけ移転して住んでもいない人がいるんですよ。賃貸マンションの入居権や分譲権を得るために、住民票移転の申請だけして住んでいない人がいるせいで、全く困ったものですよ」

それでなくとも数日前に彼女はリフォーム店の女性からおかしな噂を聞いた。十五番地一帯の再開発方式を巡って市と区が合意に至らず、開発事業が中止になったという。七年以上進められてきた開発事業が突然水泡に帰すと、地主らは自主的に組合を作って民営での開発を推進しているという。甥が狙っていた賃貸マンションの入居権はどうなるのかと、彼女は眠れなかった。

家をきょろきょろと見回していた男が尋ねた。

「この家にはおばあさんおひとりで？」

「いいえ……甥がいます」

彼女は甥が固く言い聞かせた通りに答えた。

「甥？」

「甥夫婦が……。私はこの家には住んでいません」

彼女は手を振った。甥に言われた通り、甥夫婦は娘の家に行ったとごまかした。嫁に行った娘が中国の上海に住んでいて、旅行を兼ねて訪れている間、自分が留守番をしているのだと。自分が嘘をついているという思いに、男の目をまっすぐ見られなかった。

「家を空けておくわけにもいかないから……」

「おばあさんはどちらにお住まいですか？」

「釜山に……」

彼女はどさくさ紛れにそう呟いた。

「釜山ですか？　釜山のどこですか？　妻の実家が釜山なのでよく知ってるんです」

「……釜山に住んでます」

「釜山も広いじゃないですか。釜山のどこですか？」

「鎭(ジン)市場の横に……」

彼女が釜山に流れ着いて家政婦として暮らした銭湯が鎭市場の近所にあった。

「あ、鎭市場ですか？　車で何度か通ったことがあります。妻の実家が鎭市場の近くなんです……それで、甥御さんたちはいつごろ戻られますか？」

「いつ……？」

「娘さんの家に引っ越したんじゃなくて、遊びに行ったんでしょう？」

「それは……二週間ほど先に」

男が帳簿のようなものを開いて何かを書き込んだ。

「何を書いてるんですか？」

「大したことじゃありません」

「……何を？」

「甥御さんたちが戻られたら、釜山に帰られるんですね」

「……そうしないとね」


門を閉めて台所の方に歩き出そうとした彼女は、今さらのように家を注意深く見回した。彼女の家ではないが、彼女が住む家だ。彼女が生まれた家ではないが、彼女が死を迎えるかもしれない家だ。

彼女は朝晩家を自分の体のように磨き上げ、面倒を見ているが、自分が住んだ痕跡を残さないように特に注意する。

彼女は壁に釘の一本も打たない。

◆
◆
◆

彼女はもしかしたら洞事務所の人が再びやってくるのではないかと思って、むやみに庭にも出られない。

家に誰もいないかのように履物を縁側の下に入れ、引き戸を必ず閉めて過ごす。

甥がきてから一ヶ月が過ぎたことも気にかかる。それでなくとも彼女は甥に何かあったのではないかと少し心配になっていたところだった。賃貸住宅の入居権が得られなければ、この家を契約し続ける理由がない。すぐにでも引っ越し先を探さなければならないかもしれない。そうするには、住民登録証が必要になるはずだ。

議政府に住む前、彼女は水原で三千万ウォンの伝貰（チョンセ）[64]の物件に住んでいた。彼女以外にも六世帯が集まって住む多世帯住宅[65]だったが、大家が銀行に抵当を設定して雲隠れしたせいで、競売にかけられた。伝貰の保証金を取り戻せるものと思っていた彼女は、入居者のうち自分だけが競売代金による弁済対象から外されたという事実を知り、ショックを受けた。自分と同じ境遇の入居者らは自分の保証金を取り戻すのに必死で、彼女には何の情報も教えてくれなかったのだ。彼女は自分がひとり暮らしの老女でなければ、隣人らがそこまで自分を無視しなかっただろうと思う。彼女が気を付けて暮らしていても、人々は彼女が夫も子どももいない独り身の女だということに目ざとく気付いた。

彼女に願いがあるとすれば、周りから無視されずに生きることだ。周りに何の迷惑もかけず、静かに生きて死ぬことだ。[*280]

たんすの引き出しを閉めて振り返る彼女の手に、黒い長財布がある。彼女は長財布のファスナーを開けてその中のものを一つひとつ取り出し、床に陳列するように置く。セマウル金庫[66]の通帳、木製の印鑑、住民登録証、丸めて黄色い輪ゴムを巻いた一万ウォン紙幣の束、指輪。

持ち主が引き取りにこない忘れ物を見るような気持ちで、それらを一つひとつ眺める。通帳を取ってページをめくる。一枚、二枚、三枚、四枚。彼女は自分が一生をかけて貯めた金がその中に入っているということが不思議だ。自分が頼れるものは通帳にある金だけだということが、やるせなくも落ち着かない。

いくらあるのかよく知っていながらも、彼女は通帳に記された二千万ウォンを少し超える金額を

64　入居者が大家に月々の家賃の代わりに高額の保証金を払う賃貸形態。大家は保証金を運用して利益を得る。
65　アパートのように一軒の建物に複数の世帯が入居する形式の住宅。
66　信用金庫に当たる金融機関。

何度も確認する。水原で三千万ウォンの保証金を失いさえしなければ、そして一番上の妹に貸した金をきちんと返してもらっていれば、これほど困りはしなかっただろう。妹たちは急な入用があると、彼女から金を融通してもらうことがあった。彼女がずっと家政婦として働いてきた上に独り身だから、貯めておいた金があると踏んで。利子の分を損してまで定期預金を解約し、金を貸していることも知らずに。まともな冬のコートを着ることも、栄養クリームを塗ることもできずに貯めた金だということも知らずに。

　六十を過ぎると、どの家でも彼女を家政婦として雇おうとしなかった。食堂でも迷惑がられた。それで始めたのが、ネックレスにラベルをつける内職だった。一日中座って仕事をすると、食事の消化も悪く、指も曲がらなくなった。

　彼女は通帳にある金を自分が使いきれずに死ぬであろうことを分かっているが、できる限り節約する。いつまで生きるかわからないが、生きている間は金が必要だから。甥が家を解約してしまえば、すぐに住むところを探さなければならない。

　テレビに慰安婦だった女性が出てくるたびに、彼女はその人たちがいったいどうやって暮らしているのかが気になる。知ってしまえば辛くて夜も眠れないのに。あらゆる仕事をしてもまともな家もなく暮らしているか[*281]、政府から支給される生活補助金で食いつないでいるか[*282]、副業でなんとか食べているか。[*283]

慰安婦だった女性たちはほとんどが彼女と同じように家政婦をしたり、食堂で働いたり、行商をして暮らしていた。傷ついた体だという絶望感から、体を売るところに流れついた女性もいるということを彼女は知っている。

彼女は気が休まらず、とても家にいられない。昼食も取らずに家を出るが、もしかしたら洞事務所の人と出くわすかもしれないと思うと、通りを自由に歩くこともできない。

通りを歩いて行く彼女の目に、開け放された門が飛び込んでくる。捨てていった家財道具が乱雑に放置された庭が丸見えだ。

彼女はそのまま通りすぎることができず、門の方に近づく。錆びて腐食した取っ手を握り、引く。甲高い悲鳴を上げながら閉じた門は、彼女が手を放すやいなや再び開く。彼女は門をもう一度しっかりと閉める。手を放すと開いてしまうことは自明だから、取っ手を握ったまま、ただ立っている。

彼女はいくら空き家でも、門が開いているとそのまま通りすぎることができない。門を閉めてから通りすぎる。

彼女がそうするのは、家にも魂があると考えているからだ。特有の雰囲気や空気、匂いをその家の魂のように感じる。ある魂は明るく、ある魂は物静かで、ある魂は寂しく、またある魂は意気消沈している。

空き家の門を閉めるたびに、彼女は一生住んでいた家を永遠に去るような心情になる。

門の取っ手を放して背を向けると、「おばあさん」と呼ぶ声が聞こえる。聞き間違いだろうと思いながらも、彼女は声が聞こえる方に顔を向ける。

男が彼女の方に向かって笑っている。誰かと思ったら、電気検針員だ。

「おばあさん、どうしてこんなところに？」

「……？」

「どうしてここに？」

彼は、彼女が絶対にいてはならない場所にいるかのように繰り返し尋ねた。

「もしかして、家を探してるんですか？」

「家……？」

「家ですよ！」

「いいえ……」

彼女は首を静かに振る。

「おばあさんの家はあっちですよ」

彼が手で彼女の後ろを指す。

「……あっち？」

「あっちです！」

「……」

「どうしたんですか？　分からないんですか？　家までお送りしましょうか？」

彼女は自分も知らない家を彼がどうして知っているのかと思い、口をつぐんでしまう。


通りで偶然出会った電気検針員のせいで、追われるような気持ちで通りを歩いていた彼女の足の前に何かがぽとりと落ちる。彼女は顔を上げて空中を見る。スレート葺きの屋根の上をうろつく鳩が彼女の目に入る。さっき彼女の足の前に落ちたのは、鳩の卵だ。割れた殻の破片と白身、崩れた黄身を見た彼女の瞳が池のように静まり返る。卵は勝手に落ちたのだろうか？　それとも、鳩が嘴や足で押して下に落としたのだろうか。

◆◆◆

彼女は洞事務所の人がリフォーム店も訪れたのではないかと思う。あの女性なら事の成り行きをよく知っているだろう。

犬を抱いてキムチジョンを食べていたリフォーム店の女性は、彼女を歓迎した。糖尿病で薬を飲んでいると言いながら、女性は常に食べ物を口にしていた。

「洞事務所からきたって人が家を回っているみたいだけど……」

「洞事務所ですか？」

「調査をするって……」

「何の調査ですか？」

「実際の居住者を調べていたみたいだけど……」

「ああ、何のことかと思ったわ。そうなのよ、開発するといって市と区が手を組んで、数十年もここに住んできた人たちを全部追い出したかと思えば、事業費が負担になるからって民間開発を推進するなんて、何をやってるのか分からないわ」

興奮した女性が犬を床に放した。犬は、置物のように女性が置いた場所にじっとうずくまっている。彼女の手が無意識のうちに犬に向かう。

犬を撫でる彼女の口から寝言のように曇った声が流れ出す。

「かわいそうに……」

「かわいそう？」

女性が間髪入れずに尋ねる。

「この小さな体で子犬を五十四も産んだなんて……」

「かわいそうなのは犬じゃなくて人間でしょう？」

「人間が……？」

「人間がどれだけかわいそうだと思います？　全く終わりがないじゃないの。死ぬ思いでお金を稼いで子どもを育てて、嫁や婿に出して、だからって子どもが有難がってくれる？　両親が老いて病気になれば老人ホームに放り込んでしまうのが常でしょう」

その時、通りを老人と息子が通りすぎた。引き戸の向こうの通りを凝視していた女性が、上の空で呟く。

「何日か前には何に腹を立てたのか、壁に頭をぶつけていたけど」

「誰が?」

「あのおじいさんの息子ですよ。おじいさんがどれだけ止めても自制できずに血が出るまで頭をぶつけてたのよ。あの子が一度暴れ出したら止められないの。おじいさんは今は息子から一時も目を離さないけど、一度息子を捨てたこともあるんですよ」

「息子を捨てる?」

「もう三十年も前の話だけど……。泥酔して息子がいなくなったと泣き喚きながら走り回ったのよ。この辺の人たちは異口同音にいなくなったんじゃなくて捨てたんじゃないかと疑ったものよ。男手一つで育てるのが大変だからどこかに捨ててきて、いなくなったと嘘をついているんだと……息子がいなくなった日、おじいさんが朝早く息子を連れて家を出るのを見たって人もいたわ。男手ひとつであんな足りない子を育てるのがどれだけ大変なことか」

彼女は自分ならどうだったろうかと思う。息子がいなくなったという老人の言葉を信じただろうか? もしくは自分も老人が息子を捨ててきて、いなくなったと嘘をついたのだと疑っただろうか。

「おじいさんは十歳も若い女と暮らしてたんだけど、おじいさんが仕事に出ている間に大小便の始末もひとりでできない息子を部屋のドアに縛りつけて逃げてしまったのよ。手遅れになる前に人生をやり直したかったんでしょうね。旦那は老人だし、息子は白痴だし、少しでも若いうちに運命を変えるのが得策だと思ったのね……。とにかくいなくなってから三ヶ月だか四ヶ月だか後に息子が見つかって連れてきたんだけど、その時も意見が分かれたわ。息子を捨てた罪悪感から連れ戻したと言い張る人もいたし、本当に失踪したのだという人もいたし……」

「まさか捨てるかしら……」

「そう？　捨てたのかもしれないわよ。捨てた後で、自責の念に苛まれて連れ戻したのかも……人間にできないことなんてないわ」

「そうね、人間に……」

彼女は首を縦に振った。

たった十三歳だった自分をいきなり満州に連れていき、置き去りにしたのも人間だった。

玉ねぎの網が灰色の鉄の門柱にかかって揺れている。何かがおかしい。子猫がその中に入っていれば、あんな風に揺れるはずがない。

彼女は躊躇しながらも、鉄の門に近づいて玉ねぎの網を見つめた。網は空だ。

誰かが網の中に手を入れて子猫を取り出したのだ。

誰だろうか？　誰が子猫を網から救い出したのだろうか？

◆　◆　◆

彼女は青いケープを首に巻いて、鏡の前に座っている。無料で毛染めをしてくれるというソウル美容室の主人の誘いを断れなかったのだ。彼女が誰かと電話で話している間、彼女は鏡の中の自分をぼんやりと見つめる。椅子が高く両足が床から浮いている上に、首から爪先まで青いケープに包まれていて、まるで空中に吊るされた鳥の剥製のようだ。

通話を終えた主人が染色剤を入れた器を持って彼女の横に近づく。

八十歳を超えてから毛染めをしていない。女性なら少しでも若く見せたいものだが、彼女は決して若くなりたくない。皆があれほど戻りたがる少女時代に戻りたくない。一番いい時代に、彼女は早く老いたかった。

「ミチコ?」

「うん……?」

彼女は閉じていた目を鏡に向かって見開く。

「ミチコって誰です? ミチコ、ミチコって呼んでらっしゃいましたけど」

「……私が?」

彼女は目を丸くして鏡の中の女性を見つめる。

「五、六回は呼んでましたよ」

しかし彼女は思い出せない。自分がうつらうつらしている間にミチコという名前を呼んだと思うと、肌が粟立つ。

「ミチコって誰ですか？　まるで母親が嫁に行った娘を呼ぶように呼んでましたよ」

ソウル美容室の主人が手早く毛染め薬を塗りながら、鏡の中の彼女に疑わしげな視線を送る。

「昔の知り合いよ……」

仕方なく答えた彼女の瞳が揺れる。

「昔ですか？」

「七十年も前に……」

「七十年前というと、いつ頃かしら？」

「小さかった時に死んだのよ、悪い病気で……」

軍人と一緒に寝なければならないということがどういう意味か分からず、きょとんとしていた彼女にオカアサンが言った。

「今日からお前の名前はミチコだ」

彼女は頭を洗って再び鏡の前に座る。墨に浸けて取り出したように黒い頭と、干したみかんの皮のような顔が馴染まずに浮いている。

彼女は、したくもない毛染めを口を酸っぱくして勧めた主人が憎らしくも気の毒だ。乳がんの手術を受け、地下鉄で一時間以上かかる大学病院に定期検診と治療を受けに通いながらも、主人は毛染めやパーマの客を受ける。食べていくということがどれだけ恐ろしくぞっとすることか、主人を知る全ての人にはっきりと教えるかのように。十五番地に住んでいた数十年来の常連が定期的に毛染めやパーマをしにくるというが、客がひとりもこない日もあるようだ。

主人が彼女の首に再びケープを巻くと、はさみを手に取る。

「少しだけ切りますね」

彼女に答える隙も与えず、髪を切り始める。少しだけ切ると言ったのに、首筋が心許ない。鏡を見る彼女の顔が泣き顔になる。満州の慰安所時代、彼女はずっと鏡の中の姿のような黒いおかっぱ頭だった。

主人が手洗いに行っている間に、彼女は五千ウォンをテーブルの上に置いてソウル美容室を出る。

◆◆◆

ミニスーパーの男性はどこかに行き、女性がひとりで店番をしている。女性は頭を敷居の方に向け、横になってテレビを見ている。ざんばら髪がかつらのようだ。テレビから流れる笑い騒ぐ声、拍手と歓声がどことなく大げさに感じられる。

彼女は壁に吊るしてある黒いビニール袋の束から一枚を取り、その中に卵を入れ始めた。ふと、自分が卵一個も持てないほど体が弱っても生き永らえていたらどうしようと怖くなる。彼女は自分で風呂に入り、食べ、着ることができる間だけ生きていたい。

「卵十個ください」

彼女は財布から千ウォンを三枚出して女性の頭の下に置く。女性が金庫に手を伸ばす。硬貨を触ると、百ウォンを五、六枚つまんで敷居の方に投げる。硬貨は一ヶ所に落ちずにばらばらに散らばった。そのうち一枚が女性の髪へころころと転がる。

彼女は女性の髪に伸ばした手を引っ込める。目についた硬貨だけ拾ってミニスーパーを出る。

卵十個が入った黒いビニールを持って通りを歩いていた彼女は、韓屋[67]の門の前で弾む息を整える。いつか彼女は韓屋の門を閉じてやったことがある。

もしかしたら見ている人がいるかと通りを見回した後、門を押して中に入る。

雑草が繁る庭を見回していた彼女は、ほこりが分厚く積もった縁側の隅に座る。

ぽつねんと座っていた彼女は、黒いビニールを開けて卵を一個取り出す。縁側の隅にそれを静かに置く。もう一個取り出してその横に置く。さらにもう一個取り出してその横に置く。

雛鶏が入ってきて隠れて卵を産んでいったように、彼女は卵を三個縁側の隅に並べて置き、韓屋を出る。

縁側には彼女が座ったところが丸く、消しゴムで消した跡のように残っている。

◆◆◆

日陰になった暗い通りで、死んでいる子猫に出会った。子猫は味がなくなるまで噛んで捨てたガムのようにセメントの地面に横たわっている。病気で死んだのか餓死したのか分からない。よりによって子猫の毛の色は茶色だ。

彼女は玉ねぎの網の中の子猫を知らんぷりをして通りすぎたように、死んだ子猫も見なかったふりをして通りすぎる。

そうして通りの端まで歩いた彼女は、ブーメランのように戻ってきて死んだ猫の前に座る。卵が入ったビニールを置いて、スカートのポケットからハンカチを取り出す。片隅に紫のワスレナグサの刺繍が入った白いハンカチだ。数年前に生まれて初めてお金を出して買った、もったいなくて鼻もかんでいないハンカチを広げて子猫を包む。

神がいるかどうかは分からないが、子猫を良いところに連れていってほしいと祈りたい。

彼女がいない間に生まれた三番目の妹は、何から何まで神に祈った。孫が勉強ができるようにしてほしいということから、愛煙家だった夫を禁煙させてくれとまで。

神に祈るとすれば、彼女は一つだけ祈る。故郷の村の川辺に自分を連れていってくれと。十三歳のあの時に。

人間がついに月に降り立ったというニュースを聞いた時、彼女は内心冷笑した。科学が発達して人間が月にまで行くことになったとしても、彼女を故郷の村の川辺にすぐに連れていくことはでき

67　韓国の伝統的な建築様式で建てられた住宅。

ないと考えて。

　彼女の故郷の村の川は、月よりもっと遠くに流れていた。

◆　◆　◆

　老人の家の庭は捨てられた電線で足の踏み場もない。ぼんやりと歩いていたら、老人の家まできてしまった。庭がすっかり見渡せるほど無惨に崩れた塀の向こうに、老人の姿が見える。塀を背にうずくまる老人の前に散らばっているのは、電線の塊だ。ミミズぐらいの太さのものからウナギほどのものまで、電線の太さは様々だ。

　老人は電線から銅を抜く作業をしている。果物ナイフほどの大きさの刃物で電線の被覆を剥がし、その中の銅線を抜く作業は決して簡単そうには見えない。老人はまず電線を左足で押さえ、刃物で電線の被覆にウナギの腹を割くように長く切り込みを入れる。被覆を開いてペンチでその中の銅線をつまんで抜く。

　老人は抜いたばかりの銅線を袋の中に入れ、被覆を横に除ける。電線の塊からまた別の電線を一束選び、自分の足の前に引き寄せる。

　空き家に入り、壁を手探りして電線を探し、壁を壊して電線を集め、集めた電線を袋に入れて庭に運び、電線の被覆を剥がして銅線を抜き……。銅線を集めるための苦労は並大抵ではない。

老人に背を向けた彼女ははっとする。老人の息子が彼女に向かって口を大きく開けて笑っている。彼女は急いでその場を後にする。

塀に沿って歩いていた彼女は、妙な気分になって後ろを振り向く。老人の息子がそこまでついてきて、彼女に向かってニヤニヤと笑う。

「俺のこと知ってるの?」

それは彼女が神に聞きたい言葉だ。

蜂の巣の中に蜂が一万匹いるとしたら、神はその一万匹をいちいち見分けられるだろうか?一万匹の中の一匹も残さず、全て認識しているだろうか? 彼女は神が蜂の巣の中の一万匹の蜂を全て認識していたとしても、自分のことは知らないような気がした。

「私を……私のことを知ってるの?」

男は首を縦に振った。

彼女は神に背く心持ちで、男を残して立ち去った。

湿った風が彼女の髪を乱して通りすぎる。毛染め薬の匂いがぷんとする。通りには彼女ひとりだ。彼女は今さら、息子が家にきちんと帰ったか心配になる。

老人が死んだら、息子はどうなるだろうか？　誰が彼に食べさせ、服を着せ、風呂に入れるのだろうか？

◆◆◆

12

ハハキトク……ハハシス。

一ヶ月の時間を置いて故郷から二通の電報を受け取ったプンソンは、もう故郷に電報を送らなかった。

プンソンは母親と綿花を摘んでいて、日本の憲兵に無理やり連れて行かれた。プンソンが十四歳の時だった。

うちの子を連れていくなら、私を殺してから連れて行け。[*284]

プンソンにすがりつく母親の腹に、憲兵らは軍靴を履いた足を蹴り下ろした。母親が悲鳴を上げて綿花畑を転がる姿を、プンソンは忘れられないと言った。

チュニ姉さんは正気に戻ると、自分が正気を失っていた間に満州の慰安所を出て行った少女たちを探した。

「プンソンの姿が見えないね？」

「故郷に戻ったじゃない。お母さんが亡くなって」

ポンエが言った。

「ヘグムはどこに行った？」

「ヘグムは絹織物工場に行ったよ」

ポクジャ姉さんが言った。

オカアサンが下駄をカタカタ鳴らしながら歩いてくると、チュニ姉さんが呪文を唱えるように呟いた。

「天罰を受けろ！」


十七歳になった彼女は、歯が抜ける夢を見た。前歯がポロリと抜けた。血は出なかった。驚いて目覚めた彼女の横で、年老いた大尉が眠っていた。

「家族の誰かが死ぬ夢よ」

部屋で寝ていても軍人らがどこからやってくるのか分かるポクジャ姉さんは、少女たちの夢を解釈してやることがあった。

「誰が死ぬの?」

「さあ……」

二十六歳のポクジャ姉さんは、歯が一本もなかった。

祖父母は彼女が生まれる前に亡くなった。父親は、祖母は食べるものがなくて餓死したと言った。

少女たちは両親や兄弟に夢の中ででも会いたかったが、夢に出てくるのが怖かった。少女たちは夢に両親や兄弟のうちひとりが出てくると、不幸なことが起こったか、病気になったか、死んだのだと信じた。

彼女が泣きながらヒャンスクの部屋に行くと、ヒャンスクが毛染め薬を前に置いて座っていた。それを飲んで死のうと。

「母さんの顔が浮かんで、飲めなかった。母さんが、子どもが両親より先に死ぬのが世界で一番親不孝だって。私の母さんは私も入れて子どもを九人産んだけど、四人が死んだ。二人は生まれてすぐに死んで、もうひとりは二歳の時に死んで……私の上に三歳上の兄さんがいたんだけど、柔道を習いに行っていて伝染病にかかって死んだんだ。兄さんは巡査になりたがってた。巡査になるには柔道ができないといけないから、昼には荷車を引いて、夜には柔道を習いに行った。兄さんは、朝鮮人として生きるより日本人の犬になって生きるほうがましだって言ってた。日本人は自分の飼い犬には飯をやるのに、朝鮮人には大豆かすしか与えないから。兄さんが巡査になれば、私はこんなところにこなかったはずだよ。巡査は自分の娘、自分の妹はこんなところには行かせないだろうから」

秋夕[68]の頃だった。時計もカレンダーもなかったが、少女は秋夕が近づくと故郷に帰りたくてたまらなかった。

四日間も降り続いた雨が止み、奥地にある軍部隊から軍用トラックが差し向けられた。ポンエ、スンドク、ミオク姉さん、ヤンスン、ハノク姉さん、彼女の六人が軍用トラックの荷台に乗った。ポンエは軍部隊に出張するのは初めてだった。本来はヒャンスクが行くことになっていたが腕の骨が折れ、ポンエが代わりに行くことになった。

ヒャンスクは日本兵に腕を折られた。いつからかタカシはこなくなった。ヒャンスクはタカシの消息を調べようとしたが、知る由もなかった。少女たちはタカシが戦闘に出て死んだのだろうと言った。ヒャンスクが泣いていると、酒に酔った日本兵が腹を立てた。朝鮮ピーが軍人の相手もせずに辛気臭く泣いていると。ヒャンスクがそれでも泣き止まないので、日本兵は彼女の腕をねじ曲げて折った。

地面は辺り一面どろどろで、軍用トラックのタイヤが強く回ると、牛の糞ほどの泥の塊が少女たちの顔にまで跳ねた。

軍用トラックが半日近く走って到着したところには、川が流れていた。木靴のような形の舟が川辺で少女たちを待っていた。四日間降り続いた雨で、川は増水していた。黄色い水を見ると、彼女

68　中秋節（旧暦八月十五日）。

は恐ろしい半面、生き返った気分だった。

少女たちは軍用トラックから下りて船に乗った。少女たちが船底に座ると、髪の毛が一本もない茹でダコのような中国人の男が櫓を漕ぎ始めた。何も着ていない中国人の男の肌は、陽に灼けてインクを塗ったように黒かった。

彼女は船酔いしたが、人生でやり残したことがないかのように平和な気分だった。いつまでもこうやって船に乗って流されていたかった。川の水が途絶えたところに船が到着した時、自分と少女たちの顔がすっかり老け込んでいればいいのに。

あばただらけの顔が黄色くむくみ、おからの塊のようなポンエがため息をついた。

「村だよ……」

目を伏せ、川の流れに逆らって吹く風に顔を任せていた彼女は、ポンエが指し示す場所を見た。村は遠くにありながらも、手を伸ばせば届きそうなほど近かった。村は全体的に赤っぽく、夢の一場面のように穏やかだった。

「誰も住んでないみたい」

「まさか……」

「人がひとりも見えないじゃない」

「みんな寝てるのかな」

「ちょうど夢で故郷の家に行ってきたんだけど、誰もいなかった。父さんも、母さんも、妹たちも……死んだ子どもをおぶって行ったのに……」

ポンエはするりと立ち上がったかと思うと、川の中に飛び込んだ。彼女がチマの裾を掴もうと手を伸ばした時、ポンエはもう川の中に沈んでいた。今自分たちの目の前で起こったことにようやく気づいた少女たちは、川に向かってポンエの名前を呼んだ。喉から血の味がするほど大声で呼んだが、ポンエは再び川の上に浮かんではこなかった。櫓を漕ぐのを止めた中国人の男が、少女たちに向かってもう手遅れだというように首を振った。

日本兵が興奮した少女たちに向かって銃口を向けた。中国人の男は何事もなかったように、再び櫓を漕ぎ始めた。

軍部隊で軍人の相手をして戻る途中で、少女たちはポンエを見た。五日間軍人の相手をした少女たちは陰部が腫れて骨盤がゆがみ、腰を浮かせた姿勢で船底に倒れていた。目はげっそりと落ちくぼんでいた。

「あれ……ポンエじゃない?」

ハノク姉さんが言った。

「あ、ポンエだ!」

ポンエは川に刺さった木の枝にもたれて、顔を水の上に出していた。少女たちがずっとそこで自分を迎えにくるのを待っていたように、両目を剥いていた。腹は水を飲み込んで膨れていた。

少女たちは軍人に頼んでポンエを川の上に引っ張り上げた。それぞれ木の枝を拾ってきて寝床のように積み上げ、その上にポンエを寝かせた。

スンドクが泣きながらポンエの顔の水気を手で拭った。皮膚が剥がれ、鼠が齧ったような顔がちっとも怖くなく、これっぽっちも気にならないかのように。

軍人がガソリンを撒いて火をつけると、炎が上がった。火に包まれてパチパチと燃え上がるポンエを置いて、少女たちは軍用トラックに乗った。蛍の光のような火の粉が軍用トラックまで飛んできた。ポンエの魂のようで、彼女が手を伸ばして掴もうとした瞬間、火の粉は黒く消えた。

彼女はポンエの死が自分のせいのように思われた。手を少しだけ早く伸ばしていれば、ポンエのチマの裾を掴んでいれば……。

慰安所で少女が死ぬたびに、少女たちは誰もが自分のせいのように感じた。

◆
◆
◆

彼女はいつもそうするように、起きるとすぐにテレビをつける。幸いにも最後のひとりについてのニュースはない。ひとりはまだ生きている。

毛布を畳んだ彼女は、深いため息をつく。その人が先にこの世を去っても、自分が先にこの世を去っても、どこかで生きているかもしれない誰かが先にこの世を去っても、ひとりも残らない日はそう遠くないということを悟ったからだ。

履物を履こうと縁側の下に足を伸ばした彼女の体がふらついた。カササギだ。ナビがいつのまにきていたのだろう。庭のどこにもナビの姿は見えない。

彼女はどうもカササギが生きているような気がする。いつかオトウサンが部屋から引きずり出して野原に捨てたフナム姉さんに息があったように。

カササギの翼の付け根に、彼女は指を二本そっと押し当てる。吐く息のような温かさが残っている。

彼女はカササギを両手で捧げるように持ち、リフォーム店の女性を訪ねる。女性ならカササギに息があるかどうか分かるはずだ。

リフォーム店の女性はテレビの前に丸いテーブルを置いて座り、朝食を食べている。常備菜が入った容器がそのまま食卓に乗っている。テレビの音は通りまで聞こえるほど大きい。焼き魚の身を手でほぐしていた女性が、彼女の方に上半身を向ける。

「それ、何です?」

不思議がる彼女に、おずおずとカササギを差し出す。

「あら、カササギじゃないの?」

女性が目を回す。

「あの、まだ生きているのかちょっと見てほしくて……」

「あらまあ！　急にボケたんじゃないでしょうね？　朝から死んだカササギを拾ってくるなんて！」

女性は首を横に振る。ミシンの下の座布団の上にうずくまっていた犬が体を起こすと、彼女に向かって吠えはじめた。

まだ息があるような気もするし、どこかに捨てることもできず、彼女はカササギを両手で持って通りを歩く。

日光が斜めに差し込む通りで彼女はふと歩みを止め、空に向かってカササギが乗った両手を掲げてみる。

カササギの羽が光を受けてキラキラと輝く。満州の慰安所で使っていた豆炭の粉を撒いたように。

満州の慰安所で光っていたのは、少女たちの血と豆炭だけだった。

◆◆◆

もう九日も続けて彼女は昼食の後、家を出る。もしかしたら女の子に会うかもしれないと、十五番地の通りをさまよい歩く。なかなか会えないので、夢の中でも女の子を探して通りをさまよい歩く。引っ越したのだろうと考えながらも、何かあったのではないかと心配になる。

彼女は、自分が名前すら知らない女の子になぜこんなに執着するのか分からない。彼女はこれまで誰かにすがりついたり、情というものをかけたりしたことがない。[*285] 妹たちにも優しくしてやれなかった。言えない秘密があったからか、妹に会うと居心地が悪かった。何年かに一度、何かの折に会う甥や姪は他人のようだった。同じ場所に定住することができず、転々としたせいで友人づきあいもできなかった。

彼女は紙のお面を受け取った通りで、あてもなく女の子を待つこともある。女の子がしゃがんでいた塀にもたれて座る。二時間以上待っても女の子は現れない。

今日も女の子に会えなかったとがっかりしながらとぼとぼと通りを歩く彼女の目に、ごみの山が飛び込んでくる。引っ越しする時に捨てていったのか、古い家財道具が一ヶ所に散らばっている。炊飯器、フライパン、食器、バドミントンのラケット、絵本の束、人形。

ゴムでできた人形を、一瞬赤ん坊だと錯覚した。

人形は自分が捨てられたことも知らず、世界に向かって愛らしい表情を浮かべている。彼女は人形を手に取り、自分の胸に抱いてあやすようにトントンと叩いた。

「お前のパパとママはどこに行ったの？[*286]」

「私と一緒に住む？[*287]」

人形に囁いていた彼女が顔を上げる。女の子が彼女の前に立っていた。

女の子は彼女ではなく、人形を見ている。いざ女の子に会うと逃げ出したくなる。女の子は前に会った時に着ていたのと同じ黄色いワンピースを着ている。

「学校帰りかい？」

「……」

彼女は女の子に優しく微笑みかけたいが、顔の筋肉が固まって思うように動かせない。

「家はどこ?」

「……」

「いくつ?」

「十二歳です」

彼女は女の子がもうすぐ十三歳になると思うと不安になる。

「おばあさんはおいくつですか?」

「私は……」

少女が頷いた。

「十三歳……」

思わず彼女はそう呟く。

「十三歳?」

女の子の両頬が蛙の腹のように膨らむと、笑いが弾けた。彼女は人形を置き、急いで通りを後にする。

人形を置いてきたのが心残りで再び探しに行ったが、通りには女の子も、人形もいなかった。

13

彼女はひとりで横になっている。

どれだけ長く横たわっていたのか分からないほど、ひとりでずっと横になっている。

黒いおかっぱ頭は、彼女を満州の慰安所の幕舎のような部屋に連れていく。七十年以上前に彼女が逃げ出そうと必死になった、あの場所へ。

◆
◆
◆

廊下から軍人らが喚く声が聞こえる。「大阪出身の軍人だよ。大阪弁は慶尚道訛りみたいに騒がしいんだ」ポクジャ姉さんは騒ぐ軍人を見るとそう言った。

突然扉が開き、幼く体格の小さい軍人が背中を押されるように入ってくる。戸惑い、怯えた表情だ。軍人はズボンを足首まで下ろす。下げ過ぎたと思ったのか、ズボンをまた膝まで引き上げる。サックを被せる途中でちらりとこちらの様子を窺う。軍人は彼女の髪の毛を掴み、杭を打つように力任せに自分の体を彼女の体に入れ、強く動かす。一回、二回、三回。髪の毛を掴んだ軍人の手に力が入る。四回、五回。軍人の顔が点火直前のマッチ棒のように紅潮する。

軍人が出ていった途端、別の軍人が入ってくる。瓶ごとあおったかのような高粱酒の匂いが鼻をつく。軍人はけたけたと笑いながら軍服のズボンを下ろす。「サックをつけてください」軍人は彼女の顔に向けて日本語で罵詈雑言を吐く。「私は病気持ちなので、サックをつけないといけないんです」彼女は泣きたくなる。軍人は酒に酔いすぎて体をまともに支えられない。軍人はブリキの欠片のように光る歯で彼女の肩口を噛みちぎる。

三番目の軍人からは、高粱酒の匂いの代わりにひどい腋臭がする。歯の間から嫌な匂いが漂う。彼女が顔を横に向けると、軍人は彼女の首を正面に戻す。軍人の狂気じみた瞳は、彼女の瞳をとらえて離さない。軍人はいざ絶頂の瞬間になると、彼女を消すように目を閉じてしまう。

扉が歯根まで腐った奥歯のようにガタガタと揺れる。

口ひげを生やした四番目の軍人が彼女の体に入りながら言う。

「蛙の匂いがするな」

軍人の体からは猫の匂いがする。

猫が蛙に覆い被さる。

五番目の軍人は日本の女性の名前を呼ぶ。トヨコ、エイコ、ミヤコ、ハナコ……。彼女はその名前が軍人の姉の名前だろうと思った。

「チエコー！」

「チエコって誰ですか?」

彼女は軍人が怖くて震える声で尋ねる。

「二十歳の時の恋人だよ」

六番目の軍人は死んだ蛙を裏返すように彼女をひっくり返す。彼女の頭に顔を埋めて泳ぐようにもがく。軍人は、出て行く時に軍靴を履いた足で彼女の横腹を蹴飛ばす。

七番目の軍人は入ってくるやいなや射精する。受け取った釣銭が足りなかった時のように悔しそうな顔をしていたかと思うと、軍服のズボンを引き上げようとして止め、彼女の体にもう一度へばりつく。


扉が勢いよく開き、閉まる。

「早く、早く!」


八番目の軍人が彼女に聞く。

「なぜ泣いている?」

しかし、泣いているのは彼女ではなく軍人だ。

「ああ、泣く女はうんざりだ。俺の母さんが毎朝泣いていたよ」

九番目の軍人が頭を掻いて礼儀正しく挨拶し、彼女の体に入ってくる。

十番目の軍人は彼女の体に入ろうとして、焼きごてのような熱いものに触れたようにびくりと驚く。彼女は自分の体が熱いのか冷たいのか分からない。

筆で描いたような口ひげを生やし、眼鏡をかけた将校が彼女の体に入りながらため息をつく。

「死んだ女みたいだな」

彼女があえぎ声を上げると、将校が言う。

「無理するな」

将校が両手で彼女の首を絞める。

「死んだ女としてみたかった」

将校の手に力が入り、死んだ少女の顔が紫色を帯びる。将校は、死んだ少女の体に自身の精液を一掬い排泄して出ていく。まるでセメントを塗った不毛の地に、古い種を一握り捨てていくように。

将校が帰り、死んだ少女の腹が膨れてくる。死んだ少女は動物の夢を見る。死んだ少女の母は、子を宿すたびに動物の夢を見た。死んだ少女を宿した時は兎の夢を見たという。雪のように白い兎が、丘を駆けてきて母の胸に抱かれたと。

兎だった。

死んだ少女は呟く。だが、兎にしては尻尾が長い。

猫だった。

猫にしては後ろ脚が長い。

ノロジカだった。

しかし、動物は脚が三本だった。

◆

◆

◆

誰も住んでいない通りで、彼女は立ったまま泣いている女性を見た。知らない女性だ。黒いビニール袋が女性の手にある。その中に何に入っているかは分からない。五十歳ぐらいだろうか。象牙色の綿のズボンの下から出た足首は、むくんで木の節のようだ。パーマをかけて縮れた髪の毛の一束一束が熱を発するフィラメントのように震えるのが、彼女にもそのまま伝わる。

あの人はどうして泣いているのだろう?

彼女は自分が女性の体の中に入っているようだった。立ったまま泣く女性の体の中に、横たわって泣いているような気がした。女性の頭の上に伸びた電線には、鳥一匹いない。彼女は泣いている女性を見ると、古い知り合いのような気がした。

彼女は女性が立ち去るまで待って、女性が泣いていた場所に行って立つ。

14

　夕刻、ミニスーパーの前に人々が集まっている。何事が起きたのか、パトカーも止まっている。背の高い警官とジャンパーを着た男が会話している。男は背を向けていて顔は見えない。がっしりした体格の別の警官が携帯電話で誰かと通話している。ミニスーパーの男性は店の前の椅子に座っている。わらわらと集まっている女性たちは深刻げに見える。部屋着のような恰好の女性のうちひとりは、リフォーム店の女性だ。ひとりの女性がミニスーパーの裏の方を指し示す。花札を並べたように密集した家の一つを指しているようだ。どこかの家に泥棒でも入ったのだろうか。彼女は一体何が起こったのかと思って、電信柱に半分ほど隠れて人々を見守る。男が突然警官の方から振り返って彼女の方を凝視する。彼女はすぐに電信柱の陰に隠れる。もしやと思っていたが、しばらく前に家を訪ねてきた洞事務所の人だった。心臓が激しく鼓動を打ち、足がぶるぶると震える。

　警官が帰ると女性たちは散り散りになった。洞事務所の人はジュースを一瓶飲んでから通りをふらふらと歩いて行く。彼女はようやく電信柱の陰から出て、ミニスーパーの方に歩いていく。店の前を掃き掃除している男性に、彼女は恐る恐る尋ねる。

「何かあったんですか?」

「何ですか?」

「パトカーがきていたみたいだけど……」

「あ、パトカーですか。平和ヴィラに中国から密入国した女たちが集まって住んでいたらしいですよ」

「女が……?」

「見慣れない顔の女が夜遅くインスタントラーメンなんかを買っていくのを、おかしいと思ってたんです。とにかく真夜中に大変な騒ぎだったんですから。おばあさんは気付かずに寝てたんですね。この辺りの人はみんな出てきて見物してたのに……」

「平和ヴィラに女の人たちが住んでたんですか?」

「ええ」

「あそこ、誰も住んでいないみたいだったけど……」

彼女は数日前にも平和ヴィラの前を通った。誰も住んでいないように見えるヴィラの前を、何気なく通りすぎた。

「何かお探しですか?」

彼女は自分が何を買おうとしていたのか思い出せず、思いつくままに言った。

「豆腐……豆腐一丁下さい」

「豆腐、また買うんですか?」

「え……?」

「昨日も一丁買っていったじゃないですか。豆腐ばかり召し上がってないで、肉も食べて下さいよ。肉を食べれば力が出ますよ」

男は豆腐を黒いビニール袋に入れて彼女に渡す。

「その中国人は何人ぐらいで住んでたんですか?」

「二十人にはなるかなあ。縄で繋がれてパトカーに乗せられて行きましたよ」

「それで、その人たちをどうするんですか?」

「自分たちの国に送り返すんでしょう」

「女が隠れて住んでると、どうして分かったのかしら?」

「最近居住者の調査をするってあちこち訪ねて回ってるでしょう。調査していて分かったみたいですよ」

男性は店の中の部屋に入った。男性が妻を起こして座らせるのを見て、彼女は店を出る。

彼女は自分も気付かなかったほどなら、女性たちはどれだけ息を殺して暮らしていたのだろうと思う。彼女が平和ヴィラを通りすぎた時、そこからは何の音も、光も、匂いも漏れてこなかった。彼女は顔を上げて平和ヴィラの方を見る。他のヴィラに隠れて平和ヴィラは見えない。

ミニスーパーの男の言葉通り、女たちは中国に送還されるのだろうか。彼女はなんとなく女たちが家に帰れないような気がした。お金を稼げる他の場所を探して流れていくような気がした。夫や子どもが顔を見ても分からないほど老いてから、家に帰るような気がした。

とぼとぼと歩く彼女は、知らない女性が立ったまま泣いていたあの通りにきている。彼女はその女性が平和ヴィラに隠れて住んでいた女性のうちのひとりではないかと思う。

◆ ◆ ◆

彼女は次は自分の番のような気がする。今夜にでも洞事務所の人が警官と一緒に家に押し入ってくるのではないだろうか。

彼女は携帯電話の電源を入れ、甥の番号を押す。呼び出し音が聞こえた瞬間、甥が電話に出る。

「もしもし……私よ、私」

彼女の声を聞き分けた甥が、すぐに何かあったのかと尋ねる。彼女は洞事務所の人がきたと伝える。

「洞事務所の人がどうして？」

「うん、それが……」

実際の居住者という言葉がなかなか思い出せず、彼女は言葉を濁す。

「どうしてきたんですって？」

「転入届だけ出して、住んでいない人がいるから……調査をするって……」

「調査を?」

「それが、お前みたいに転入届だけ出して住んでいない人が他にもいるみたいで……」

「洞事務所の人に変なことを言わなかったでしょうね?」

「私がそんなことを……」

「洞事務所の人がまたきていろいろ聞いたら、知らないって言って下さいよ」

「……」

「とにかく、何も知らないって言って下さいね」

「うん、そうするわね……」

十五番地一帯の再開発計画が白紙に戻ったということを、甥はすでに知っているようだった。

「おばさんは今年いくつになるんでしたっけ?」

「……」

「今年いくつかって聞いてるんですよ」

「九十三……」

「そんなになるんですか?」

甥は驚いた様子だったが、急に老人ホームの話を持ち出した。年も年だから、老人ホームに入るのはどうかと言う。思いもよらない提案に彼女が答えられずにいると、甥は近いうちにそちらに行くと言って急いで電話を切った。

甥は初めから自分を老人ホームに入れるつもりだったのかもしれないと思う。賃貸マンションの入居権を得て今の家の伝貰契約が満了すれば、自分を老人ホームに入れようとあらかじめ計画を立てていたのかもしれない。しかし彼女は老人ホームに入りたくない。自分がどれだけ生きるか分からないが、ただ今の家で静かに暮らして死にたい。

◆◆◆

夜九時のニュースで、ちょうどひとりについての消息が伝えられる。その人は老衰で数日前に入院した。歩くのはおろか食事もまともに取れない。病室のベッドに横になっているその人の顔がテレビの画面に映る。いつかテレビに出て花が好きだと言っていたその人と同じ人かと疑うほど、顔の肉が削げていた。

ぐっすりと眠っているように固く閉じられた両目が開くと、空中を見つめる。とても驚いた表情だ。赤ん坊がむずかるように口をもぐもぐさせる。どうしても何か言いたいことがあるようだ。

彼女が知るところによると、その人は自分が慰安婦だったということを明らかにした後、慰安所で経験したことを労を惜しまず広めて回った。外国にも飛び、韓服を端正に着こなして自分が経験したことを話すその人の写真を、新聞で見たこともあった。

どうしても言えない話があったのだろうか。

それでなければ、今になって思い出した話でも。

数日前、彼女も山中の奥地にある軍部隊に出張に行ったことを突然思い出して眠れなくなった。笑いながら騒いでいた三人の軍人が、便所から出てきた彼女を見て近くにこいと手招きをした。怯えた彼女が後ずさりをすると、ひとりが腰に差していた小刀を抜き、首を切るまねをして見せた。そろそろと近づく彼女を幕舎の裏の森に引きずり込んで小刀で脅し、もうひとりは優しくなだめた。最後のひとりは他の軍人らを制止した。止めていた軍人は二人が服を脱ぐとつられて脱ぎ、自分の順番がくると慌てて彼女の体に入ってきた。[*288]

あの人に会いたい。あの人はもう人の顔が分からないというが、自分のことは気付いてくれるような気がする。自分が誰なのか、なぜ訪ねてきたのかを。

彼女はひとりがこの世を去る前に、ここにもうひとりいるということを世界に知らせねばならないのではないかと思う。

証言というものをしてみたい気持ちも生まれる。しかし、彼女はそれをどうやってすればよいのか分からない。自分はどうしてこうなのかとも思う。これまで何も言えないできたのに、こちらに隠れあちらに隠れしてきたのに、こんなに年を取って、死ぬ時になって。[*289]

彼女はテレビ台の引き出しを開け、その中に入れておいた紙を取り出す。半分に折った紙を開くと、力を入れて書いた文字が押さえつけられたばねのように飛び出した。

わたしもひがいしゃです。

その一文を書くまでに、七十年以上かかった。

その文章に続けてもっと何かを書きたいが、書けない。突然何も思い出せなくなる。

彼女はできることなら言葉で話す代わりに、ねじれた子宮を取り出して見せてやりたい。

自分の前に誰かが座っていると考えて、彼女は口を開く。

「最初に行った時に、[*290]最初に……私が満州までどうやって連れて行かれたのかというと……満州の話は誰にも話していない、恥ずかしくて……[*291]きょうだいにも話さなかった。故郷には帰りたくない。故郷に行っても誰もいないから。ある人は慰安婦だったと名乗り出たら、テレビ局がきて写真も撮られて近所の人にも全部知られてしまったと聞いた。政府から受け取った支援金で家を建てたら、毎日のように遊びにきていた隣の女が突然こなくなったそうだ。体を売って家を建てたんだと、汚れていると[*292]」

彼女はそれ以上言葉が続かない。

どんな言葉でも自分の苦痛を説明することはできない。[*293]

15

昏睡状態になり、二十日以上人の顔も分からなかったというその人が、力を振り絞って途切れ途切れに話す。

「まだ死ねない、私が死んだら話す人がいなくなると思うと……[*294]」

その人はほぼ二十四時間人工呼吸器をつけている。人工呼吸器に頼ってひと息ずつ息をしながら、自分が誰なのか話そうと力を尽くすその人のことを、彼女は感心しながらも気の毒に思う。その人の横には、看病人[69]のように見える女性が心配そうな目で立っている。

「私は慰安婦じゃない[*295]」

「私はユン・グムシルだ」

「歴史の生き証人、ユン・グムシルだ[*296]」

彼女の息が荒くなると、女性が素早く彼女の口に人工呼吸器をつける。その人をベッドに寝かせる女性の手つきは、生まれたての赤ん坊を扱うように丁寧だ。女性が彼女の耳に何かを話すと、その人の口から人工呼吸器を外す。その人をもう一度起こす。
その人が証明写真を撮るように正面を見つめる。

「死ぬまで幸せに暮らしたい」[*297]

鏡の前に座ってゆっくりと髪を梳かしていた彼女は、鏡に向かって呟く。
……私も幸せに暮らしたいです。
彼女はそうして初めて、幸せに暮らしたいと思った。ほぼ一世紀を生きてきてやっと。

あと一日しか生きられないとしても、幸せに暮らしたい。

鏡に手を伸ばす。
見ず知らずの人の顔を撫でまわすような気持ちで自分の顔を撫でまわす。

69　韓国の病院では、入院中に身の回りの世話をしてくれる看病人と呼ばれる人を雇うことが多い。

二十歳になる前に、彼女は人生が台無しになった[*298]と考えた。

◆◆◆

部屋を雑巾がけしていると、突然テレビと蛍光灯が消えた。彼女はテレビ台の引き出しからろうそくとマッチを探して取り出す。マッチをつけてろうそくの芯に近づける。ろうそくの芯に火がつく瞬間、彼女は十五番地の少女を思い出す。

少女の顔をほんの少し、稲妻ほどの瞬間思い出しただけなのに、少女のためにお祈りをした気分だ。

彼女はブレーカーのレバーを上げに行かない。

ろうそくを前に置いて、紙のお面の閉じた口をしばらく手探りする。

爪切りについたナイフを抜いて、その刃先を紙のお面の閉じた口に持っていく。

刃先からジーッと音が出るまで切る。

彼女は何度も続けて切る。五十回ほど切っただろうか、閉じていた口についに穴が開く。

彼女は切り続け、穴を少しずつ根気強く広げていく。穴から舌が出せるほどになると、手を止める。

紙のお面を顔に持っていく。

女に生まれたい……必ずもう一度女に生まれたい。*299

◆◆◆

彼女は一日中縁側に出て座っている。もしかしたら洞事務所の人が訪ねてくるかもしれないと思って。彼女は彼に言わなければならないことがある。

肩を落としてうたた寝する彼女の耳に、門を叩く音が聞こえる。彼女は顔を上げ、門に向かって目を開ける。

庭と縁側は午後の日差しにあふれている。彼女の腿の上には紙のお面が光を受けて奇妙に光っている。彼女がナイフで切り裂いて開けた口の穴も光でゆがむ。

門の上にぬっと現れた男の顔は、逆光になり目鼻立ちがぼんやりしている。彼女はきっと洞事務所の人に違いないと思う。彼を待っていたからではなく、他に家を訪れる人はいないからだ。電気検針員は一昨日きて帰った。

「門を開けて下さい」

彼女は固唾を飲んで、冷静に自分が言おうとしていた言葉を発する。

「あの……私が住んでいます」

「何ですって？」

男の声に苛立ちがにじんでいる。

「この家に……私が住んでいるんです……」

「よく聞こえません！」

「この家に私が……私が……住んでいるんです」

「聞こえないったら！」

彼女は門を開けてやる気はない。洞事務所の人を家に入れたくない。

「門を開けて下さい！」

彼女はしかし、深く打たれた釘のように縁側に座り、てこでも動かない。

彼が門を激しく揺り動かす。早鐘を打つ心臓を落ち着かせようと必死になり、彼女は心を落ち着けてもう一度言う。

「この家には私が住んでいます」

「おばさん！」

「……?」

洞事務所の人ではなく、平澤の甥だった。

「門を開けて下さい」

甥も家に入れたくなかったが、彼女は仕方なく門を開けてやるために体を起こす。腿の上にあった紙のお面が、彼女の足の前に滑り落ちる。

彼女は門の方に足を踏み出すことができず、再び縁側に座り込む。体をできる限り縮こめ、両手でスカートを握りしめる。

「おばさん！　おばさん！」

門を揺らす音が通りの外まで聞こえる。

彼女は誰も自分を家から追い出すことはできないと考える。洞事務所の人も、甥も、顔も見たことのないこの家の持ち主も。

彼女はいつも家に帰りたかった。家にいても、家に帰りたかった。永遠に家に帰れないかもしれないと思って戦々恐々[*300]とした。

死んで霊魂になっても帰りたかった故郷の家も、彼女の家にはなってくれなかった。

ところが、しばらく前からこの家が彼女があれほどまでに帰りたかった家のように感じる。住民票上は一日も住んだことのないこの家が。

彼女は、七十年をはるかに過ぎてついに帰ってきたこの家から追い出されたくない。

彼女が門を開けずにいると、甥は塀を乗り越えて入ってくる。縁側で身じろぎせずにいる彼女につかつかと歩み寄る。登山靴を履いた足で紙のお面を踏みつけ、彼女の肩を両手でつかんで揺さぶる。

「おばさん！」

昨夜彼女が必死で穴を開けたお面は、甥の足で踏まれて無惨に割れている。

◆　◆　◆

昨年の冬に空き家に入って取ってきた種をぼんやりと見ていた彼女は、独り身だと考えていた自分が万物に囲まれているということをふいに悟った。空、地面、空気、光、風、水、種……。

しかし彼女はひとりだと考えていたときより、もっとひとりのような気がする。

彼女は自分が完全にひとりだと感じる。

彼女は種を指でひとつまみ持ち上げる。

その小さなものに自分が飲み込まれるような錯覚が起こるまで、ひたすら凝視する。毛穴ほどの種が、自分を最も完璧に隠してくれるような気がする。

彼女は地球の外から撮影した地球をテレビで見たことがある。地球が丸いということは知っていたが、どんなふうに丸いのかは知らなかった。南瓜のように丸いのか、卵のように丸いのか、リンゴのように丸いのか、おはじきのように丸いのか、全体的にどんな色かも気になった。テレビの画面に浮かんでいた地球は、一色ではなくさまざまな色が混ざりかけの絵の具のように入り交じって漂っていた。白、青、オレンジ、緑。

息を殺して地球を見ていた彼女は、テレビにぴたりと近づいた。家がひとつも見えないから、人間がひとりも見えないから、鳥が一羽も飛んでいないから。

彼女は、地球は種のようだと思った。地球という種の中には水もあり、地面もあり、木もある。鳥が羽ばたき、兎が草を食み、もぐらが地面を掘り、馬が走りまわり、蟻は列を作って移動する。

彼女が考える地球という種の中は、美しくも醜い。

ケイトウの花の種の中もそうだろうか？　地球という種の中のように美しくも醜いだろうか？


彼女は種に向かって呟く。ここにもうひとり、生きている……。


宇宙飛行士が地球の外から地球を見るように、彼女は自分の外から自分を見つめてみたい。外から見ると地球が全く違って見えるように、自分もまた違って見えるだろうかと思って。

彼女は地球の外に出るには、光のように速い速度が必要だと聞いた。

彼女は自分が自分の外に出るには、宇宙船が地球の外に出るために求められるよりもっと速い速度が要求されるような気がする。

◆　◆　◆

通りを歩いていた彼女はびくりとする。赤っぽいものが鉄の門の取っ手に巻かれている。まるで火傷を負った手が鉄の門の取っ手にぶらさがっているようだ。彼女は鳥肌を立てながら近づく。玉ねぎの網だ。しかしその中に子猫はいない。彼女が通りで出くわした玉ねぎの網には必ず子猫が入っていた。

彼女は鉄の門に近寄る。玉ねぎの網が自分の顔に罠のように被せられるような錯覚を覚えるほど、網に顔を突きつける。もしかしたら自分の目が悪くて網の中の子猫を見落としたのではないかと思って。

網の中の子猫を取り出したとすれば、それは誰だろうか？

誰が？

16

たんすの前に座り、その中に丁寧に畳んで入れておいた服を選んでいた彼女は、茶色のプリーツスカートとかぎ針編みのピンクのカーディガンを取り出して床に広げる。靴下がうず高く積まれた篭から白い綿の靴下も取り出す。春と秋に着るのにちょうどよいピンクのカーディガンは、彼女が一番大事にしている服だ。

カーディガンについているヒメジョオンの花の形のボタンを留めていた彼女は、指を折って数える。最初の日、十三歳だった彼女の体を何人が通りすぎたのか、彼女はようやく思い出した。全部で七人だった。[*301] まだ初潮も迎えていない彼女は、生理の時より多くの血を流した。[*302]

七人目の軍人は、父親より年上に見える将校だった。

縁側から庭に下りる彼女の手には、肌着の箱を包んだ杏色のポジャギがある。同居していた中国人の男に渡そうと買っておいたあの肌着だ。

家の門を出ようとして彼女はしばらくためらった。甥がくることになっていた。

二日前に甥が家にきた。あさってもう一度くるから、彼女にどこにも行かずに家にいるようにと言い聞かせた。一緒に行くところがあるのだと。

「どこに……?」

「良いところですよ」

「良いところ……?」

満州に行く列車でエスンが言った言葉を思い出し、彼女はそう尋ねた。その少女は自分が「良いところ」に行くのだとばかり思っていた。良いところ、良い工場にお金を稼ぎに行くのだとばかり。

「毎食ご飯も出るし、風呂にも入れてくれて、病気になれば看護師が薬もくれて、注射もしてくれるところですよ」

「……」

「そこに行けば友達もたくさんできて退屈しないはずです。おばさんはただ一日三食ご飯を食べて、気楽に暮らせばいいんですよ」

彼女が首を横に振って拒絶するのを、彼は見ないふりをした。

「そこに行けば何でもあるから、貴重品とすぐに着る服だけ何着かまとめてください」

甥が言う「良いところ」がどれほど良いところでも、彼女は行きたくない。

良いところだと思って行ったところで、エスンの体は落書き帳になった。日本兵は針と墨でエスンの腹に、恥丘に、舌に刺青を入れた。[*303]

そこでは、少女たちの体は少女たちのものではなかった。[304]
彼女は甥が恨めしいが、恨みたくない。世界中の誰のことも、恨んだり憎んだりしたくない。[305]
しかし彼女は自分に起こったことを許すことはできない。[306]
その一言を聞けば許せるだろうか？
神も代わりに言うことはできないその一言を。

◆◆◆

日なたの方に足を踏み出した彼女は、塀に手をついて息を整える。傾いてひび割れた塀が、彼女の支えになってくれる。彼女は近頃めっきり気力が湧かない。

庭のどこにも老人の姿が見えない。庭には、電線と電線の被覆と細い銅線の塊が、彼女がひと月ほど前にきた時よりさらに激しく散乱している。錆びた釘がたくさん入った入れ物に、彼女の視線が向かう。老人はあの釘も空き家から集めてきたのだろう。

彼女は入れ物の前に肌着の箱を包んだポジャギを置いた。寒くなれば老人は中国人の男の代わりに肌着を着てくれるだろう。

通りを歩いていく彼女の目に、崩れかけた家が見える。勝手に崩れたのか、壊す途中なのかは分からない。十五番地には時々そんな家がある。ひどい場合は家は崩れて塀だけが城郭のように残っていることもある。

その家は塀と壁がほとんど崩れて一部屋だけが残っていた。部屋の天井はなく、窓は割れている。そこが部屋だったということを思い起こさせるかのようにドアがついている。

お昼までに家に戻るには急がなければならないが、彼女は足が動かない。

部屋が子宮のようだ。

彼女自身の子宮が、崩れた家の上にぽつりと置かれているようだった。

なかなか歩き出せない彼女の耳に、門を揺らす音が聞こえてくる。彼女は自分の家の門が揺れる音のような気がする。

◆◆◆

十五番地を終点に、地下鉄の駅を経由するコミュニティバスは二十分間隔で走っている。十五番地に住んでいる人は大概このバスに乗って地下鉄の駅まで出る。バスを待っているのは、彼女と高校生のように見える男子生徒の二人だけだった。世界のどんな音にも興味がないというように男子生徒はイヤホンで両耳を塞ぎ、足元ばかり睨んでいる。男子生徒の心臓から湧き上がる不満と反抗心のようなものが、そこから数歩離れている彼女にまで感じられる。

せいぜいあの男子生徒ほどの年齢だったはずだ。満州の慰安所にいた時、一度だけ朝鮮兵が彼女の体を通りすぎたことがあった。丸の中に赤い色で「さ」という文字が入った肩章をつけているのは学徒動員で連れてこられた朝鮮人だということを、[*307] 彼女はクムボク姉さんから教えてもらった。時々自分のもとを訪れる朝鮮兵を、クムボク姉さんは「オッパ」[70] と呼んだ。オッパがくれば煙草も吸い、故郷の話をしながら泣いたりもしたといった。忠清北道（チュンチョンブクド）の堤川（ジェチョン）が故郷だという朝鮮兵が自分の体に入ってきた時、彼女は手を伸ばして彼の胸に当ててみた。心臓が壊れそうにドクドクと脈打つのが彼女の指にはっきり伝わった。彼女は朝鮮兵にまた会えると思ったが、二度と会うことはできなかった。クムボク姉さんのもとを訪れていた朝鮮兵もいつからかこなくなった。少女たちは顔なじみの兵士がこなくなると、戦闘に出て死んだのだろうと思った。[*308]

三叉路の周りを見回す彼女の目が、カササギの巣をとらえる。腐った竹の篭のように黒く丸い巣が、銀杏の木の枝の間にひっかかっている。カササギが捨てていった巣のようだ。もしかしたら、ナビが人間である自分のために狩りをしたカササギのうちの一羽が作った巣かもしれないと考えた彼女の頭に疑問が浮かぶ。

カササギは誰に教わって木の枝を運び、無秩序に積み上げて巣を作るのだろうか？

原始的なその問いに続いて、次々と疑問が浮かんでくる。

70　女性が実の兄や年上の男性を呼ぶ際の呼称。

目も開いていない子犬は誰に教わって母犬の乳を吸うのだろうか？　テントウムシは誰に教わって木の葉に卵を産むのだろうか？　雌鶏は誰に教わって卵を抱いて孵化させるのだろうか？

バスが坂道をのろのろと上がってくる。大きく半円を描いて回ると、彼女の前にぴたりと止まる。何気なくバスから降りる人々を眺めていると、誰かが彼女の肩をそっと叩く。

「どちらまで？」

リフォーム店の女性だ。市場の帰りなのか、女性の両手には黒いビニール袋がいくつもぶら下がっている。そのうちのひとつから魚の生臭い匂いがする。

「人に会いに……」

「誰ですか？」

先日のカササギのことがあったからか、彼女を見つめる女性の視線が訝しげだ。

「人に会いに……」

「だから、誰ですか？」

女性が問いただすように尋ねる。

「会わないといけない人が……」

彼女がそれ以上説明できずにいると、女性が怪訝そうに首を傾げる。目を細めて彼女の服装を品定めする。

「誰に会いに行かれるのか知りませんけど、花嫁さんみたいに綺麗におめかしして」

「花嫁だなんて……」

「まさか遠くに行かれるんじゃないでしょう？」

「遠くに……？」

「遠くに」

「いいえ、遠くには行かないわ……」

彼女は真顔で首を横に振る。

「気をつけてくださいよ。バスに乗る時は必ず番号を確認して、道に迷ったら誰かに聞いてくださいね」

女性がそう言い聞かせる。

「そうするわ」

「乗らないんですか？」

女性のその言葉に、彼女は背中を押されるような心情でバスに乗る。前にも空席があるが、一番後ろに行って座る。

バスがやっとこ登ってきた坂道を、滑るように下っていく。車に日光が深く差し込む。眩しさにぶるぶるとまぶたを震わせる彼女の舌に、一匹の蝶が飛んでくるようにある名前が浮かぶ。

プンギル……。

それは十三歳の時に満州に連れていかれる前まで、故郷で呼ばれていた彼女の名前だ。プンギルという名前を、彼女は母親のお腹にいる時からつけて生まれてきたのだと思っていた。腕や脚のように。自分とは切り離せない絶対的なものだと思っていた。故郷の村では山羊も、雀も彼女をプンギルと呼んだ。

プンギル！

クムボク姉さんが自分を呼ぶ声が聞こえるような気がして、彼女は顔を上げてバスの中を見回す。川に落ちて死んだポンエのことがあっても、オカアサンとオトウサンは少女たちを再び奥地の軍部隊に出張に行かせた。雨がしばらく降らず、あの時より水位が低くなった川の水は、泥水だった。

川辺の村に到着する頃だった。誰も住んでいないような奇怪な静寂に包まれた村の前に、ひとりの女が立っていた。黒い髪を腰まで伸ばして、川に向かってつくねんと立っている女が、彼女はポンエのような気がした。

ポンエだ……。

彼女が呟く声を聞いて、ヒャンスクが膝に埋めていた顔を上げた。ヒャンスクはポンエが川の中に消えるのを見ていなかった。ヒャンスクは指で耳をほじくり、再び顔を埋めた。

「家に帰りたい。家に帰って母さんが炊いた麦飯にキムチを乗せて食べたい」[*309]

クンジャが涙声でぼそりと言った。

手を振ってやりたかった。女がこれ以上遠ざかる前に、手を振ろうと彼女は体を起こした。女に向かって手を挙げた瞬間、足を踏み外したのか、突然吹いた風に背中を押されたのか、彼女は川の中に落ちた。

罠のように締め付ける水の流れを手で押しやって耐えていた彼女は、川底につくかと足を伸ばしたが、はるかに遠かった。わかめの茎のようなものが足首にぐるぐると巻き付くと、彼女を引きずり込んだ。一寸先も見えないほど濁った川の水が透明になると、ありとあらゆる花で飾られた棺が現れた。棺の中に横たわっているのは彼女自身だった。花の中に埋もれた彼女の顔は、母親のおっぱいを好きなだけ飲んで眠る赤ん坊の顔のようにまん丸だった。

これで死ぬのだろう[*310]と死を受け入れようとした瞬間、興奮した声が聞こえてきた。

「つかまえた！」

彼女の束ねた髪を掴んで引き上げるたくさんの手があった。

「プンギル、プンギル……！」

「目を開けて」

船底に横たわる彼女の目に少女たちの顔が見える。

「生きてる！」

「プンギル姉さんが助かった！」

ヤンスンが大声で泣く声が聞こえた。

「気がついた？」

クムボク姉さんが彼女の頬をパチパチと叩いた。ようやく自分が助かったことを悟った彼女は、空を仰いですすり泣き始めた。

「泣かないで」

クムボク姉さんが彼女を起こして座らせると、両腕で抱きしめた。彼女の背中を撫でながら言った。

「死ななかったじゃない。死ななかったんだから泣かないで」[*311]

オカアサンが言うとおりにするんだよ。別れ際にクムボク姉さんが彼女に言ったその言葉の意味が、彼女は七十年経ってやっと分かる。

死なずに、何としても生きていろという意味だったことを。

彼女はその人に会いに行くことは、クムボク姉さんに会いに行くことでもあると思う。ヘグムに、トンスク姉さんに、ハノク姉さんに、フナム姉さんに、キスク姉さんに……。

その人に会えば何から話せばいいだろうか？　会いたかったという話から？　それとも、私も満州に行ってきたと……。

彼女はついにその人に会いに行くところだ。その人に会うのを一生待っていたような気がする。前日、彼女はその人が入院している病院に行く方法をソウル美容室の主人に聞いて調べておいた。その人が入院している病院は、偶然にも主人が定期検診に通う大学病院だった。彼女はその人が自分と違う都市に住んでいると思っていた。その人が入院している病院も、別の都市にあるのだと思っていた。こんなに近くにその人が住んでいるとは全く思っていなかったので、気抜けするほどだった。

あんなに会いたかったのに、いざその人に会うと思うと彼女は怖気づき、緊張する。

◆ ◆ ◆

薬局の前にバスが止まり、五、六人がぞろぞろと乗り込む。空いている席が人々で埋まる。しかし彼女の横はまだ空いている。ヘグムのように小柄で綺麗な女性が男の子を先にして乗り込む。彼女は自分の横が空いていることを知らせるために、横の席を手でトントンと叩く。空席を探してきょろきょろしていた女性が、彼女の横に自分の子どもを座らせる。純朴だが茶目っ気のある瞳で自分をちらりと見る男の子に、彼女はにっこりと笑ってみせる。

体がだるくなり、明け方に見た夢を思い出す。夢で彼女は十五番地の通りですれ違った女の子の手を握って川へと歩いていった。川の前に女の子を座らせ、自分もその横に座った。手で川の水を掬って女の子の顔を洗った。女の子の顔から垢混じりの水が流れた。彼女は垢がきれいに洗い流されるまで、川の水を汲んで女の子の顔を洗った。

バスはいつの間にか大通りを走っている。窓の向こうの世界に視線をやり、彼女はようやく悟った。

今もまだ恐ろしい[*312]ということを。

十三歳の自分が今も満州の幕舎にいる[*313]ということを。

著者のことば

いつか日本軍慰安婦についての小説を書きたかったが、物語が生まれなければ書くことはできないだろうと考えた。「ひとり」というタイトルが浮かび、手に入る限りの証言録を探して読むうちに、小説が書けはじめた。怖かった。被害者のひとりがまたこの世を去ったという知らせを聞くたびに気が急いた。自分の小説的想像力が、被害者の方々が実際に経験したことを歪曲したり誇張したりするのではないかと、また被害者の方々の人権を傷付けるのではないかと、慎重の上にも慎重を期した。

被害者の証言録を手に入れて読みながら、その方々が私のすぐ近くで静かに暮らしていたという事実を知った。私が幼少期を過ごした場所にも、私がわずか数年前まで暮らしていた街にも、いつか私が旅行した土地にもその方々は暮らしておられた。慰安婦被害者が私の実のハルモニ（おばあさん）だったかもしれないと考えた。その方々が私のハルモニの代わりに、あの地獄に行ってこられたのだとも。

一九三〇年から一九四五年まで、二十万人に上る女性が日本軍の慰安婦として動員され、そのうち生還したのは二万人だけだった。ついに戻ることのできなかった残りの女性たちは亡くなったり、言葉も水も合わない見知らぬ地に捨てられたりした。記録によれば、日本が戦闘を行ったアジア全域と太平洋諸島の各地に慰安所があった。

その二十万人の中には十一歳の子もいた。平均年齢は十六、七歳で、ほとんどが貧しい両親の下に生まれ、初等教育もまともに受けられなかった。そして、大部分は工場に就職して金を稼ぎに行くと思っていたり、拉致されたりした人たちだった。売られていく家畜のようにトラックに、船に、列車に乗せられて戦場に送られた。朝鮮ピー（「ピー」は中国語で女性の性器を指す蔑称だ）と呼ばれて一日に十数人も日本の軍人を受け入れた（五十人以上日本の軍人を受け入れたという証言もある）。妊娠すると胎児と一緒に子宮をまるごと取り出す手術を受けることもあった。生きて帰った少女たちは、ほとんどが妊娠できない体になっていた。

慰安婦は被害の当事者にとってはもちろん、韓国女性の歴史においても最も痛ましく理不尽な、そして恥辱のトラウマだろう。プリーモ・レーヴィ[71]は「トラウマに対する記憶はそれ自体がトラウマ」だと述べた。一九九一年八月十四日、金學順ハルモニの公の場での証言を皮切りに、被害者の方々の証言は現在まで続いている。その証言がなければ、私はこの小説を書けなかっただろう。

71　ユダヤ系イタリア人の作家。アウシュヴィッツ強制収容所から生還した体験を綴った「アウシュヴィッツは終わらない　これが人間か」などの作品で知られる。

初稿を執筆していた年、九人の慰安婦被害者が相次いで亡くなられた。小説を連載し、推敲する間にさらに六人が亡くなり、この文章を書いている現在はわずか四十人だけが生存されている（政府に登録された日本軍慰安婦被害者は二百三十八人だった）。こうしているうちにも、韓日両政府は「事実の認定と真の謝罪」という手順を無視し、被害者を遠くに置き去りにしたまま一方的に「二〇一五年日本軍慰安婦合意」を発表した。日本政府は「十億円の支援金を拠出する代わりに、少女像を撤去せよ」と暗に要求している。

被害者のひとりであるハルモニの言葉のように、「犬や猫よりひどい」時代を生き抜いたにも関わらず、人間としての気品や尊厳、勇気を失わなかった被害者を見るたびに感嘆を禁じ得ない。

私のハルモニでもある被害者の方々が幸せであることを願って、この不完全な小説を世に送り出したい。

二〇一六年八月

キム・スム

日本の読者の皆様へ

私は、ある時期日本の植民地支配を受けていた韓国で生まれ、韓国語で小説を書いています。日本軍「慰安婦」の方々と私に血のつながりはありませんが、広い視野で見れば実のハルモニと同じだという気がします。そしてさらに視野を広げれば、皮膚の色や使う言葉とは関係なく「私たちみんなのハルモニ」だと考えています。

今も地球のどこかで戦争が起こり、少女たちは性暴力に晒されています。その少女たちもまた、広い視野で見るならば「私たちみんなの娘」と言えるでしょう。

私が書きたかったのは、加害者か被害者か、男性か女性かを越えて、暴力的な歴史の渦の中でひとりの人間が引き受けねばならなかった苦痛についてです。

そして、その苦痛を「慈悲の心」という崇高で美しい徳に昇華させた、小さく偉大な魂についてです。

私はこの小説を書きながら、日本軍「慰安婦」の声を物語の中へ導き入れました。その声に込められた切迫した訴えは詩的な響きを生み出し、小説を最後まで進ませてくれました。私の文章として解釈し、再構成した声はゴシック体で表記することで、他の文章と区別しました。

日本軍「慰安婦」の方々が証言した経験と苦痛を自分のものにする過程は、長く苦しいものでした。読者と対面した席で、この小説がすでに出版されているにもかかわらず「未完の、まだ書かれている」小説のようだと告白したのは、そのためでしょう。

この小説を出してから二年余りが過ぎてようやく自分のものになり、私は太平洋戦争当時の日本軍の慰安所を背景にしたもう一つの小説を書くことができました。この小説が生きて戻ってきた日本軍「慰安婦」の物語なら、先ごろ出版した「流れる手紙」(原題)は生きて戻ってきた、または生きて戻れなかった少女たちの物語です。

気の重い読書になるでしょうが、日本の読者の方々が私の小説を読んで多くの点に共感されることを願っています。

他でもない「ひとり」を通じて日本の読者の方々に初めてお会いできることは、私にとってはとても意味があり、ありがたいことです。

この小説に取り入れた日本軍「慰安婦」の経験が並大抵ではないことを、私は知っています。それにもかかわらずこの小説を最後まで日本語にしてくださったことに、特別な感謝をお伝えしたいと思います。

キム・スム

二〇一八年八月

訳者あとがき

本書『ひとり』は韓国の女性作家、キム・スムの長編小説である。

二〇一六年初頭から文芸誌『月刊現代文学』に連載され、同年八月に「現代文学」社から初版が刊行された。著者の作品は本書が初邦訳となる。

韓国文学において、旧日本軍の慰安婦問題を正面から取り上げた小説はそれほど多くない。一九六〇年代から長く活躍した女性作家の尹静慕（ユンジョンモ）が一九八二年に発表した『母さんの名は朝鮮ピーだった』（日本では神戸学生青年センター出版部から『母・従軍慰安婦 かあさんは「朝鮮ピー」と呼ばれた』とのタイトルで訳書が出版されている）が、慰安婦問題の実態を描いた文学作品の嚆矢としてこれまで長く読み継がれてきた。キム・スムも「（作品を書くに当たり）慎重の上にも慎重を期した」と語るように、慰安婦問題をテーマとすることは小説家にとってそれだけ容易でない選択であるといえる。

本書には小説としては異例の、三百を超える脚注が付されている。著者は慰安婦被害者の証言集やドキュメンタリーなど、手に入る限りの資料を集め、被害者の記憶をまるでタペストリーのように細かく織り上げてこの小説を完成させた。

一九七四年、韓国南東部の蔚山広域市で生まれたキム・スムは、一九九七年に地方紙「大田日報」の「新春文芸」に投稿した作品が掲載され、翌一九九八年に「文学トンネ新人賞」を受賞してデビューした。これまでに短編小説集『闘犬』『肝臓と胆嚢』『ククス』『あなたの神』『私は山羊が初めてだ』、長編小説『白痴ども』『私の美しい罪人たち』『針仕事をする女』『Lの運動靴』（すべて原題）など多数の作品を発表し、二〇一三年に「現代文学賞」「大山(テサン)文学賞」、二〇一五年には韓国でもっとも権威ある文学賞とされる「李箱(イサン)文学賞」を受賞。確かな筆力で精力的に作品を発表し、文壇と読者の双方から支持を得ている。

キム・スムは作品の中で、女性、老人、養子、飼い主に捨てられたペットなど、社会的弱者や共同体から疎外された人々を一貫して描き続けている。執拗ともいえるほど精密で繊細な描写を通じて物語を深く掘り下げ、人間社会の不安定性や根源的な不安を特有の視線で炙り出すことで独自の作品世界を築いてきた。それゆえに、著者が日本の植民地時代も解放後も社会から疎外された存在であった慰安婦をテーマとして取り上げたのは必然だったのかもしれない。

政府に登録された公式の慰安婦被害者がたったひとりになった近未来のある日から始まるこの小説は、自身が慰安婦であったことを明かさずに生きてきた「彼女」の物語だ。故郷の村で突然男らに拉致され、満州へと連れ去られた彼女は、強制的に連れてこられた他の少女たちとともに旧日本軍によって惨たらしい方法で心と身体を傷つけられる。

凄惨な状況を生き抜いて故郷にたどりついた彼女だが、自分の経験を家族に打ち明けることもできず、死亡届を出されていたことから戸籍もないまま、各地を転々として生活する。マンションの入居権を得ようとする甥に頼まれて再開発予定地域で息を潜めて暮らす彼女は、テレビを通じて公式の慰安婦被害者が最後のひとりになったことを知る。自分の存在をひた隠しにしてきた彼女は「ここに、もうひとりいる」ことを知らせようと、最後の生存者に会うために世界の外に出ることを決心する。

著者は「彼女」が失われかけた自らのアイデンティティーを取り戻すまでの心の旅を描くことで、これまで彼女を縛り付けていた「過去の記憶」を「歴史」として蘇らせ、「慰安婦被害者」としてひとくくりにされた「彼女」たち全てに固有の物語があることを読者に提示する。

慰安婦問題が国際社会で注目されはじめたのは、一九九〇年代以降のことだ。日本の植民地支配による被害は、日韓両政府の間では一九六五年の「日韓請求権並びに経済協力協定」によって解決済みとされてきた。しかし一九九一年八月十四日、金學順氏が記者会見を開いて初めて実名で自らの体験を語り、同年十二月に他の被害者とともに日本政府に謝罪と補償を求めて裁判を起こした。日本政府は翌年、当時の宮沢首相が慰安婦の募集への旧日本軍の関与を認めて公式謝罪した。また、一九九三年にはいわゆる「河野談話」で「お詫びと反省の気持ち」を表明し、補償問題は解決済みとしながらも、それに代わる措置を取ると約束した。

これを受けて一九九五年に設立された「女性のためのアジア平和国民基金（アジア女性基金）」で、国民の募金による「償い金」の支給などを中心とする事業が行われたが、被害者は日本政府の責任を曖昧にするものだとして強く反発した。

一方、韓国政府が本格的に動き出したのは、慰安婦問題解決のために政府が措置を講じないのは違憲だとした二〇一一年の憲法裁判所の判決がきっかけだった。翌年就任した朴槿恵（パククネ）大統領は、国際社会に対し慰安婦問題における日本政府の責任を積極的に訴えかけた。その後日韓両政府は、国交正常化五〇周年となる二〇一五年を機に慰安婦問題に関する協議を本格化させ、十二月に「日韓合意」を発表した。日本が「心からおわびと反省の気持ちを表明」した上で韓国政府が設立する財団に十億円を拠出し、日韓が共同で「心の傷の癒やしのための事業」を行うことで、慰安婦問題が「最終的かつ不可逆的に」解決されたとした。

韓国政府は二〇一六年七月、「和解・癒やし財団」を設立し、日韓合意に基づいて慰安婦被害者とその遺族に現金を支給する事業を行ったが、韓国内では被害者の気持ちを無視した合意だとして批判の声が高まった。これに対し、二〇一七年五月に発足した文在寅（ムンジェイン）政権は検証作業を行い、合意前に被害者との意思疎通が不十分だったと指摘。日本に合意の再交渉を求めない一方、日本が拠出した十億円と同額を韓国政府が負担する方針を発表した。文大統領は、「加害者である日本政府が『終わったことだ』としてはならない」と日本の姿勢を強く非難している。

韓国の世論も、依然として日本に厳しい視線を向けている。慰安婦被害者の支援者団体などが問題の解決を求めて毎週水曜日にソウルの日本大使館前で開いている「水曜集会」は、今年で二十六周年を迎えた。慰安婦被害者を象徴する少女像の設置も、各地で行われている。このほか、元慰安婦が描いた絵をモチーフにした雑貨や洋服を販売し、収益の一部を被害者の支援に充てることを公表しているブランドは、芸能人が身に着けたことも手伝って若者を中心に人気を集めている。このような動きを目にするたびに、韓国では慰安婦問題が世代を問わず「現在進行形」として捉えられていることを改めて実感させられる。二〇一八年八月現在、韓国政府に登録された慰安婦被害者二三九人のうち存命者は二十七人にまで減っている。この小説の設定が現実になる日が遠くないことを考えると、問題の解決はさらに急がれる。

七月末に刊行されたばかりの新作長編小説「流れる手紙」（原題）で、キム・スムは再び慰安婦の少女の物語を書くことを選んだ。「ひとり」が今を生きる慰安婦被害者の姿を描いたとすれば、新作では満州の慰安所に連れてこられた少女の独白を通じて、苦痛とトラウマの「現場」にさらに深く踏み込んでいる。

著者は日本の読者に向け、本書について「ひとりの人間が引き受けねばならなかった苦痛」の大きさにもかかわらず、人としての尊厳を失わなかった「小さく偉大な魂」について書きたかったと語っている。「ひとり」を書き上げてから二年間という時間をかけて作品を自らの血肉とすることで、著者は慰安婦問題にとどまらず、人間を見つめる普遍的な視点を獲得するに至った。

本書を翻訳しながら、慰安婦被害者の方々の苦痛に満ちた歴史を一文字一文字紡いでいく道のりは著者と同じように長く苦しいものだったが、この作品を貫く崇高さの力に支えられたように思う。読者の方々が本書を「私たちみんなのハルモニ」の物語として受け止め、慰安婦問題を自らに引き寄せて考えるきっかけになることを願っている。

最後に、本書の翻訳・出版を支援してくださった韓国文学翻訳院と出版に向けて尽力くださった李善行さん、この作品を日本で出版する意義を認めてくださった三一書房に心より感謝いたします。そして、キム・スム先生には翻訳に当たり多くの助言とお心配りをいただきました。深くお礼申し上げます。

二〇一八年八月

岡裕美

◎巻末註
＊同一書はタイトルのみの表記を原則とする。
＊同一書の同一人物の証言は姓名のみの表記を原則とする。

＊1　パク・ドゥリ（一九二四年生）、『強制連行された朝鮮人軍慰安婦たち2』、韓国挺身隊問題対策協議会・韓国挺身隊研究会編、ハンウル、一九九七年。

＊2　チン・ギョンペン（一九二三年生）、『強制連行された朝鮮人軍慰安婦たち2』、カン・ムジャ（一九二八年生）『強制連行された朝鮮人軍慰安婦たち2』

＊3　チン・ギョンペン、カン・ムジャ

＊4　チェ・ガプスン（一九一九年生）、『記憶で書き直す歴史―強制連行された朝鮮人軍慰安婦たち4』、韓国挺身隊問題対策協議会、2000年日本軍性奴隷戦犯女性国際法廷韓国委員会証言チーム、プルビッ、二〇〇〇年。

＊5　カン・ムジャ

＊6　キム・ヨンスク（一九二七年生、北朝鮮慰安婦被害者）、「悲しい帰郷1部―北のハルモニの証言」伊藤孝司、ニュース打破『目撃者たち』提供。

＊7　キム・ボクトン（一九二七年生）、『強制連行された朝鮮人軍慰安婦たち2』

＊8　リ・ギョンセン（一九二七年生、北朝鮮慰安婦被害者）「悲しい帰郷1部―北のハルモニの証言」

＊9　ファン・ソンスン（一九二六年生）、「涙で人生を送る慰安婦のハルモニ」、EBS、二〇一三年一〇月七日放送。

＊10　D〇〇（一九二九年生）、『聞こえますか？十二人の少女の物語―日本軍慰安婦被害口述記録集』、対日抗戦期強制動員被害調査および国外強制動員犠牲者等支援委員会、二〇一三年。

＊11　イ・オクソン（一九二五年生）、『忠清北道インターネット新聞共にする忠北』二〇一五年八月四日付。イ・オクソン氏の証言内容を基に作者が小説として再構成。

＊12　イ・オクソン（一九二七年生）、『歴史を作る物語―日本軍慰安婦女性たちの経験と記憶、日

本軍慰安婦証言集6』

*14 チョン・オクスン（一九二〇年生、北朝鮮日本軍慰安婦被害者）、「悲しい帰郷1部―北のハルモニの証言」

*15 チョン・オクスン

*16 チョン・オクスン

*17 カン・ムジャ

*18 チェ・ミョンスン（一九二六年生）、『強制連行された朝鮮人軍慰安婦たち1』、韓国挺身隊問題対策協議会・韓国挺身隊研究会編、図書出版ハンウル、一九九三年。チェ・ミョンスン氏の証言内容を基に作者が小説として再構成。

*19 日本による統治時代に朝鮮総督府専売局が販売していた嗅ぎ煙草。

*20 キム・ウルレ（一九二六年生）『強制連行された朝鮮人軍慰安婦たち3』、韓国挺身隊問題対策協議会・韓国挺身隊研究会編、ハンウル、一九九九年。

*21 キム・スナク（一九二八年生）、『私の気持ちは誰も分からない』、キム・ソンニム、挺身隊のハルモニと共にする市民の集まり。

*22 I○○（一九二三年生）、『聞こえますか？十二人の少女の物語』

*23 ムン・オクチュ（一九二四年生）、『強制連行された朝鮮人軍慰安婦たち1』

*24 イ・オクソン、CNNインタビュー、二〇一五年十二月二十九日放送。

*25 B○○（一九二七年生）、『聞こえますか？十二人の少女の物語』

*26 K○○（一九二三年生）、『聞こえますか？十二人の少女の物語』

*27 イ・ヨンス。桔梗の花のエピソードはイ・ヨンス氏の証言内容を基に作者が小説として再構成。

*28 ファン・クムジュ（一九二二年生）、『強制連行された朝鮮人軍慰安婦たち1』

*29 B○○（一九二九年生）、『聞こえますか？十二人の少女の物語』

*30 B○○（一九二七年生）、『聞こえますか？十二人の少女の物語』

＊31　A〇〇（一九三〇年生）、『聞こえますか？十二人の少女の物語』
＊32　キム・ウンジン（一九三二年生）、『強制連行された朝鮮人軍慰安婦たち2』
＊33　J〇〇（一九二四年生）・B〇〇（一九二四年生）、『聞こえますか？十二人の少女の物語』
＊34　A〇〇（一九三〇年生）、『聞こえますか？十二人の少女の物語』
＊35　ファン・クムジュ
＊36　B〇〇（一九二七年生）、『聞こえますか？十二人の少女の物語』
＊37　B〇〇（一九三〇年生）、『聞こえますか？十二人の少女の物語』
＊38　イ・ギジョン、『中央日報』二〇一五年九月九日付。
＊39　キム・スナク、『歴史を作る物語』
＊40　P〇〇（一九四〇年生）、『聞こえますか？十二人の少女の物語』。P〇〇氏の証言内容を基に作者が小説として再構成。
＊41　ファン・クムジュ
＊42　キム・ボンイ（一九二七年生）、『歴史を作る物語』
＊43　キム・ボクトン
＊44　カン・ムジャ
＊45　キム・ファジャ（一九二六年生）、『歴史を作る物語』
＊46　キム・ファジャ
＊47　イム・ジョンジャ（一九二二年生）、『歴史を作る物語』
＊48　イ・オクソン
＊49　ハ・スンニョ（一九二〇年生）、『強制連行された朝鮮人軍慰安婦たち1』
＊50　キム・ヨンスク
＊51　キム・ファジャ
＊52　キム・ファジャ
＊53　イ・ドゥクナム（一九一八年生）、『強制連行された朝鮮人軍慰安婦たち1』
＊54　キム・ファジャ
＊55　キム・ヨンスク（一九二七年生、北朝鮮日本軍慰安婦被害者）、「北側の従軍慰安婦被害者キム・ヨンスクハルモニの証言」、『民族21』二〇〇二年三月号。

＊56　A○○（一九三〇年生）
＊57　イ・ヨンニョ（一九二六年生）、『強制連行された朝鮮人軍慰安婦たち1』
＊58　イ・ヨンスク
＊59　キム・スナク、『私の気持ちは誰も分からない』
＊60　キム・スナク
＊61　A○○（一九二五年生）、『聞こえますか？十二人の少女の物語』
＊62　チョ・ユノク（一九二五年生）、『戻りたい故郷には自分の足で歩いていけずに』、挺身隊のハルモニと共にする市民の集まり、アルムダウンサラムドゥル、二〇〇七年。
＊63　キム・ボクトン
＊64　キム・ボクトン
＊65　イ・サンオク（一九二二年生）、『強制連行された朝鮮人軍慰安婦たち1』
＊66　キム・チュニ（一九二三年生）、『強制連行された朝鮮人軍慰安婦たち2』
＊67　チョ・ユノク
＊68　ファン・グムジュ、『日帝強占期』パク・ド編、ヌンピッ、二〇一〇年。
＊69　クァク・クムニョ（一九二四年生、北朝鮮日本軍慰安婦被害者）、「悲しい帰郷2部―北のハルモニの証言」、伊藤孝司、ニュース打破『目撃者たち』提供。
＊70　チョン・オクソン
＊71　キム・ボクトン
＊72　イ・ヨンス（一九二八年生）、『強制連行された朝鮮人軍慰安婦たち1』
＊73　ユン・ドゥリ（一九二八年生）、『強制連行された朝鮮人軍慰安婦たち1』
＊74　B○○（一九二七年生）、『聞こえますか？十二人の少女の物語』
＊75　キム・チュニ
＊76　B○○（一九二七年生）
＊77　ユン・ドゥリ
＊78　ファン・クムジュ
＊79　ファン・クムジュ、ユン・スンマン（一九二九年生）、『記憶で書き直す歴史』
＊80　ファン・クムジュ
＊81　キム・ヨンジャ（一九二三年生）、『記憶で書き

直す歴史』
＊82　キム・ウンジン
＊83　ムン・オクチュ
＊84　チャン・ジョムドル（一九二三年生）、『歴史を作る物語』
＊85　キム・チュニ
＊86　ユン・ドゥリ
＊87　チェ・ガプスン（一九一九年生）、『記憶で書き直す歴史』
＊88　ユン・スンマン
＊89　ムン・ピルギ（一九二五年生）、『強制連行された朝鮮人軍慰安婦たち1』
＊90　イ・ヨンスク（一九二一年生）、『強制連行された朝鮮人軍慰安婦たち3』
＊91　チェ・ガプスン
＊92　チョン・オクスン、『地獄の刑罰よりさらに恐ろしい日本軍の蛮行』伊藤孝司、『ハンギョレ21』、一九九八年十月号。
＊93　リ・サンオク（一九二六年生、北朝鮮慰安婦被害者）、『北朝鮮慰安婦ハルモニたちの証言』。伊藤孝司、ニュース打破『目撃者たち』

＊94　キム・ウンジン
＊95　キム・ウンジン
＊96　H○○（一九二五年生）、『聞こえますか？十二人の少女の物語』
＊97　B○○（一九二九年生）、『聞こえますか？十二人の少女の物語』
＊98　ジン・ギョンペン、『強制連行された朝鮮人軍慰安婦たち2』
＊99　リ・ギョンセン
＊100　リ・ギョンセン
＊101　パク・ヨニ（一九二一年生）、『強制連行された朝鮮人軍慰安婦たち2』
＊102　イ・ヨンニョ
＊103　ノ・チョンジャ（一九二〇年生）、『歴史を作る物語』
＊104　チン・ギョンペン
＊105　チェ・イルレ（一九二六年生）、『強制連行された朝鮮人軍慰安婦たち2』
＊106　キム・ファジャ
＊107　チョン・チェンタオ（台湾人慰安婦被害者）、『終わらない戦争、日本軍慰安婦』、『KBSパノ

ラマプラス』、二〇一三年八月十一日放送。

*108　ヨ・ボクシル（一九二二年生）、『強制連行された朝鮮人軍慰安婦たち2』

*109　イ・サンオク（一九二二年生）、『強制連行された朝鮮人軍慰安婦たち1』

*110　K〇〇（一九二三年生）

*111　パク・チャスン（一九二三年生）、『故郷の土の匂いを嗅げば「アリラン」湖北省の九十三歳のハルモニ』、『中央日報』二〇一五年十一月十二日付。

*112　F〇〇（一九二三年生）

*113　F〇〇（一九二三年生）

*114　チョ・ユノク

*115　チャン・ジョムドル

*116　ヨ・ボクシル

*117　A〇〇（一九三〇年生）、『聞こえますか？十二人の少女の物語』

*118　チョ・ユノク

*119　キム・ハクスン

*120　チャン・ジョムドル

*121　チェ・ミョンスン

*122　ユン・ドゥリ

*123　キム・ボクトン（一九二五年生）

*124　チョン・クムファ（一九二四年生）、『強制連行された朝鮮人軍慰安婦たち2』

*125　キム・ボクソン、『強制連行された朝鮮人軍慰安婦たち』

*126　イ・ドゥクナム

*127　チン・ギョンペン

*128　チェ・イルレ、パク・ソウン

*129　カン・ムジャ

*130　チャン・セントゥ（中国人慰安婦被害者）、『終わらない戦争、日本軍慰安婦』、『KBSパノラマプラス』、二〇一三年八月十一日放送。

*131　B〇〇（一九二七年生）

*132　B〇〇

*133　キム・ボクトン

*134　チェ・ガプスン

*135　イ・スナク

*136　キム・ボクトン

*137　キム・ドクジン（一九二一年生）、『強制連行された朝鮮人軍慰安婦たち1』

＊138　E○○（一九二二年生）、『聞こえますか？十二人の少女の物語』、キム・チュニ（一九二三年生）、『強制連行された朝鮮人軍慰安婦たち2』
＊139　チャン・ジョムドル
＊140　パク・スネ（一九一九年生）、『強制連行された朝鮮人軍慰安婦たち1』
＊141　チェ・ジョンネ（一九二八年生）、『強制連行された朝鮮人軍慰安婦たち2』
＊142　キム・ドクジン
＊143　イ・ドゥクナム
＊144　チャン・ジョムドル
＊145　ジン・ギョンペン
＊146　キム・ボクトン、チェ・イルレ
＊147　キム・ドクジン
＊148　キム・チュニ
＊149　キム・ボクトン
＊150　A○○（一九三〇年生）
＊151　チェ・イルレ
＊152　イ・サンオク、『強制連行された朝鮮人軍慰安婦たち1』
＊153　チャン・ジョムドル

＊154　キム・オクチュ
＊155　I○○（一九二三年生）
＊156　K○○（一九二三年生）
＊157　フンハルモニ（一九二四年生）、『捨てられた朝鮮の少女たち』、勤労挺身隊ハルモニと共にする市民の集まり、アルムダウンサラムドゥル、二〇〇四年。
＊158　パク・スネ（一九一九年生）
＊159　キム・オクチュ（一九二三年生）、『強制連行された朝鮮人軍慰安婦たち3』
＊160　チョ・スンドク（一九二一年生）、『強制連行された朝鮮人軍慰安婦たち3』
＊161　イム・ジョンジャ（一九二二年生）、『歴史を作る物語』
＊162　キム・チュニ
＊163　イム・ジョンジャ
＊164　カン・ムジャ
＊165　ソン・パニム（一九二四年生）、『強制連行された朝鮮人軍慰安婦たち2』
＊166　ファン・グムジュ
＊167　チェ・イルレ

*168 カン・ムジャ
*169 イ・ヨンスク
*170 ムン・オクチュ
*171 イ・ヨンスク（一九二一年生）、『強制連行された朝鮮人軍慰安婦たち1』
*172 イ・ヨンスク
*173 ハ・スンニョ
*174 ソン・パニム
*175 パク・ドゥリ
*176 イ・スノク（一九二一年生）、『強制連行された朝鮮人軍慰安婦たち1』
*177 イ・スノク
*178 シム・ダリョン（一九二七年生）、『強制連行された朝鮮人軍慰安婦たち3』
*179 チエ・イルレ
*180 イ・オクソン、CNNインタビュー、二〇一五年十二月二十九日放送。
*181 チエ・ジョンネ
*182 パク・ヨニ
*183 キム・ウンジン
*184 パク・ヨニ

*185 キム・ボクトン
*186 ムン・ピルギ
*187 パク・ヨニ
*188 K〇〇（一九三〇年生）
*189 ファン・クムジュ
*190 イ・スノク
*191 カン・ムジャ
*192 キム・ボンイ（一九二七年生）、『歴史を作る物語』
*193 パク・ヨニ
*194 チエ・ガブスン
*195 ファン・クムジュ
*196 チョン・ソウン
*197 チエ・ガブスン
*198 チョン・ソウン、チエ・イルレ
*199 カン・ドッキョン（一九二九年生）、『強制連行された朝鮮人軍慰安婦たち1』
*200 ファン・クムジュ
*201 チョン・グムファ
*202 チョ・スンドク（一九二一年生）、『強制連行された朝鮮人軍慰安婦たち3』

*203 キム・チュニ
*204 キム・ボクトン
*205 ムン・オクチュ
*206 ムン・オクチュ
*207 キム・グンジャ（一九二六年生）、一九九七年二月七日、韓国教育院での証言「私が生きている限り」。
*208 C○○（一九二〇年生）、『聞こえますか？十二人の少女の物語』
*209 イ・ヨンス
*210 チェ・イルレ
*211 チェ・ファソン
*212 チェ・ファソン
*213 チェ・ファソン
*214 ハン・オクソン
*215 イ・ヨンニョ
*216 チェ・ジョンネ
*217 ファン・クムジュ
*218 キム・ブンソン（一九二二年生）、『強制連行された朝鮮人軍慰安婦たち2』
*219 キム・ウィギョン（一九一八年生）、『中国居住日本軍「性奴隷」被害ハルモニフォトエッセイ』、ナヌムの家。
*220 K○○（一九二三年生）
*221 K○○（一九二三年生）
*222 イ・サンウク（一九二二年生）、『強制連行された朝鮮人軍慰安婦たち1』
*223 ムン・ピルギ
*224 ムン・ピルギ
*225 キム・ハクスン
*226 キム・ハクスン
*227 チェ・ミョンスン
*228 キム・ボクトン、キム・ウンジン
*229 キム・オクチュ、チェ・ミョンスン
*230 キム・チュニ
*231 イ・オクソン、CNNインタビュー
*232 キル・ウォノク（一九二八年生）、『歴史を作る物語』
*233 キル・ウォノク
*234 チョン・ユノン（一九二〇年生）、『記憶で書き直す歴史』
*235 パク・チャスン、「私は日本軍性奴隷だった

＊236 K○○（一九二三年生）3話―慰安所は日本軍の公衆便所だった」、アン・セホン、二〇一六・二・二。
＊237 ファン・クムジュ
＊238 パク・ヨニ（一九二一年生）
＊239 A○○（一九三〇年生）、『聞こえますか？十二人の少女の物語』
＊240 K○○（一九二三年生）
＊241 チェ・ガブスン（一九一九年生）、『記憶で書き直す歴史』
＊242 チェ・ガブスン
＊243 チェ・ガブスン
＊244 キム・チュニ
＊245 イ・オクソン、『歴史を作る物語』
＊246 チェ・ガブスン
＊247 チェ・ジョンネ、チェ・ガブスン
＊248 チェ・イルレ
＊249 キム・グンジャ
＊250 カン・ムジャ
＊251 キム・ヨンジャ
＊252 キム・スナク、『私の気持ちは誰も分からない』
＊253 K○○（一九二三年生）
＊254 F○○（一九二三年生）、『聞こえますか？十二人の少女の物語』
＊255 I○○（一九二三年生）
＊256 I○○
＊257 ファン・スニ（一九二二年生）、『強制連行された朝鮮人軍慰安婦たち3』。ファン・スニ氏の証言内容を基に作者が小説として再構成。
＊258 K○○（一九二三年生）
＊259 K○○
＊260 K○○
＊261 キム・ドクジン
＊262 ファン・スニ
＊263 キル・ウォノク
＊264 チョ・スンドク
＊265 チョ・スンドク
＊266 イ・ヨンス
＊267 キム・ファソン（一九二六年生）、『記憶で書き直す歴史』
＊268 カン・ムジャ

＊269　カン・ムジャ
＊270　カン・ドッキョン
＊271　キム・ボクトン、「私は一生心を許したことがない」、『ハンギョレ』二〇一五年十二月二十二日付。
＊272　ハン・オクソン（一九一九年生）、『歴史を作る物語』
＊273　キム・チュニ
＊274　チャン・ジョムドル
＊275　チャン・ジョムドル
＊276　ファン・スニ
＊277　アン・ボブスン（一九二五年生）、『記憶で書き直す歴史』、イム・ジョンジャ（一九二二年生）、『歴史を作る物語』、キム・ボクトン（一九二六年生）、「ニュースマガジンシカゴ」、二〇一三年十二月二十七日放送。
＊278　キム・ボクドン
＊279　ムン・オクチュ
＊280　ファン・クムジュ
＊281　カン・ドッキョン
＊282　キム・ウンジン、『強制連行された朝鮮人軍慰安婦たち2』
＊283　ムン・ピルギ（一九二五年生）、『強制連行された朝鮮人軍慰安婦たち1』
＊284　チン・ギョンペン
＊285　キム・ボクトン
＊286　イ・スダン
＊287　イ・スダン
＊288　ファン・スニ
＊289　K〇〇
＊290　ユン・スンマン
＊291　キム・ボクトン
＊292　キム・ヨンジャ
＊293　キム・ボクトン、CNNインタビュー、二〇一五年四月二十九日放送。
＊294　キム・ハクスン
＊295　イ・ヨンス
＊296　イ・ヨンス
＊297　イ・オクソン
＊298　リ・サンオク
＊299　ユン・ドゥリ
＊300　チャン・セントゥ

*301　チャン・セントゥ
*302　ファン・クムジュ（一九二二年生）、映像「日本軍の終わらない物語」、イ・ドウン編集。
*303　チョン・オクスン
*304　キム・ヨンスク
*305　イ・ヨンス、二〇一五年四月二十一日、証言のためにワシントンを訪れたイ・ヨンス氏の特派員とのインタビュー内容から引用。
*306　イ・ヨンス
*307　ムン・オクチュ
*308　イ・オクブン
*309　A〇〇（一九三〇年生）
*310　パク・ヨニ
*311　ムン・オクチュ、『ビルマ前線日本軍「慰安婦」ムン・オクチュ（原題：ビルマ戦線 楯師団の「慰安婦」だった私）』、アルムダウンサラムドゥル、森川万智子著、キム・ジョンソン訳、勤労挺身隊ハルモニと共にする市民の集まり、二〇〇五年。
*312　チャン・セントゥ
*313　イチ（インドネシア人慰安婦被害者）、「終わりのない戦争、日本軍慰安婦」、「KBSパノラマプラス」、二〇一三年八月十一日放送。

著者：キム・スム
1974年、韓国・蔚山生まれ。97年に「大田日報」の新春文芸（文学新人賞）、98年に「文学トンネ新人賞」を受賞し文壇デビューした。これまでに短編小説集『闘犬』『肝臓と胆嚢』『ククス』『あなたの神』『私は山羊が初めてだ』、長編小説『白痴ども』『私の美しい罪人たち』『針仕事をする女』『Lの運動靴』（すべて原題）などがある。2013年に「現代文学賞」「大山文学賞」、15年には韓国で最も権威ある文学賞「李箱文学賞」を受賞した。

翻訳：岡 裕美
同志社大学文学部、延世大学校国語国文学科修士課程卒業。2012年、キム・スム「誰も戻って来ない夜」で第11回韓国文学翻訳新人賞を受賞。広告代理店勤務を経て、現在翻訳者として活動中。

ひとり

2018年9月19日　第1版第1刷発行
著　　者　キム・スム　©2016年
訳　　者　岡裕美　©2018年
発 行 者　小番 伊佐夫
装　　丁　Salt Peanuts
D T P　市川 九丸
印刷製本　中央精版印刷
発 行 所　株式会社 三一書房
〒101-0051 東京都千代田区神田神保町3-1-6
☎ 03-6268-9714
振替 00190-3-708251
Mail: info@31shobo.com
URL: http://31shobo.com/

ISBN978-4-380-18007-1 C0097
Printed in Japan
乱丁・落丁本はおとりかえいたします。
購入書店名を明記の上、三一書房までお送りください。

ボクの韓国現代史 1959-2014

文在寅とともに盧武鉉政権を支え、今も若者を中心に絶大な人気を誇る論客が書下ろした書。
今もロング&ベストセラーが待望の邦訳出版！

ユ・シミン著　萩原恵美訳
四六判　2500円

同時代を息を切らしつつ駆け足で生きてきたすべての友へ

「現代史を語る際にはリスクが伴う…… 人生において安全であることはきわめて大事だ。だが引き受けるだけの価値のあるリスクをあえて取る人生もそう悪くはないと思っている。僕はそんな思いを胸に僕自身が目の当たりにし、経験し、かかわった韓国現代史を書いた。一九五九年から二〇一四年までの五五年間を扱ったから、「現代史」というより「現在史」または「当代史」というほうが適当な表現かもしれない。冷静な観察者ではなく苦悩する当事者として僕らの世代の生きた歴史を振り返った。ないものをでっちあげたり事実を捻じ曲げたりする権利は誰にもない。だが意味があると考える事実を選んで妥当だと思える因果関係や相関関係でくくって解釈する権利は万人に与えられている。僕はその権利を精一杯の思いをこめて行使した」（「はじめに」より）

▽もくじ：日本語版読者へ／はじめに　リスキーな現代史／プロローグ　プチブル・リベラルの歴史体験／第1章　歴史の地層を横断する　1959年と2014年の韓国／第2章　4・19と5・16　難民キャンプで生まれた二卵性双生児／第3章　経済発展の光と影　絶対貧困、高度成長、格差社会／第4章　韓国型の民主化　全国的な都市蜂起による民主主義政治革命／第5章　社会文化の急激な変化　モノトーンの兵営から多様性の広場へ／第6章　南北関係70年　偽りの革命と偽りの恐怖の敵対的共存／エピローグ　セウォル号の悲劇、僕らの中の未来

韓国　古い町の路地を歩く

建築家である著者は、韓国の伝統家屋・集落に魅かれてやまない。著者の心をとらえて離さない韓国の古い9つの街並みをめぐる。

密陽（ミリャン）、統営（トンヨン）、安東（アンドン）、春川（チュンチョン）、安城（アンソン）、江景（カンギョン）、忠州（チュンジュ）、全州（チョンジュ）、羅州（ナジュ）の物語だ。それぞれの町の歴史はもとより、都市空間の変化のプロセスと文化的背景や風土をひもといていく。　歴史ある町であること、中心部は歩いて一巡りできるくらいの小規模な町であること、そして現代都市としての魅力とポテンシャルを有する町であること、という著者の3つの基準にかなったこれらの町では、共同体の暮らしが途絶え、個人の利益ばかりが優先される現代の大都市ではお目にかかれないような、人間味あふれる豊かな空間に出会えるはずだ。

ハン・ピルォン著　萩原恵美訳
四六判　2800円

▽もくじ：日本の読者のみなさんへ／著者のことば／年代区分表／密陽　ゆるやかに流れる川、まっすぐに流れる時間／統営　海とアーティストの紡ぎ出した町の知恵／安東　袋小路に息づく両班の町の品格／春川　歴史の重みを耐え抜いた都市空間の春／安城　商いの町のヒューマニズム／江景　古き舟運の町の異国風景／忠州　町を動かす文化の両輪／全州　韓屋が守ってきた町の伝統／羅州　千年の古都の3本の線／韓国の歴史都市を語る／あとがきに代えて／訳者あとがき／索引